다음 세대를 생각하는
인문교양 시리즈

사랑할 시간이
그리 많지 않습니다

문학에서 찾은
사랑해야 하는 이유

장영희 지음

샘터

사랑은 살리는 것

어느 학생이 제출한 공책 앞면에 '사랑은 미안하다는 말을 하지 않는 것 Love means never having to say you're sorry'이라는 영문英文이 인쇄되어 있었습니다. 에릭 시걸Eric Segal, 1937~2010의 《러브 스토리Love Story》(1969)에 나오는 말로서, 아마 사랑에 관한 정의 중 가장 자주 인용되는 말일 것입니다.

동거하는 애인 올리버와 말다툼을 하고 집을 나갔다 돌아온 주인공 제니퍼는 열쇠가 없어서 집에 들어가지 못합니다. 제니퍼를 찾아 헤매다가 돌아온 올리버가 현관 앞에 앉아 울고 있는 제니퍼를 발견하고 미안하다고 사과하자 제니퍼가 하는 말이지요.

오래전 그 책을 읽었을 때도 그랬고, 지금까지도 나는 그 말이 영 마음에 들지 않습니다. 나는 오히려 사랑은 미안하다는 말을 하는 것이라고 생각합니다. 아니, 진정 사랑한다면 미안해하는 마음은 부수적으로 따라오는 것인지도 모릅니다.

대재벌 총수가 유서 세 통 달랑 남겨 놓고 스스로 목숨을 끊을 때 대

북 사업을 계속해 달라, 내 유분遺粉을 금강산에 뿌려 달라는 사뭇 사무적인 메시지, 그리고 "당신 윙크하는 버릇 고치시오"라는 허탈한 농담 외에 남긴 가장 슬픈 메시지는 아들에게 남긴 "너하고 사랑을 많이 나누지 못해서 미안하다"라는 말이었습니다. 이 세상의 모든 것을 다 소유한 것 같은 사람이 죽으면서 가장 가슴 아파한 것은 결국 제대로 사랑하지 못했다는 회한이었습니다.

문학의 주제를 한마디로 축약한다면 '어떻게 사랑하며 사는가'에 귀착됩니다. 동서고금의 모든 작가들은 결국 이 한 가지 주제를 전하기 위해 글을 썼다고 해도 과언이 아닙니다. 수많은 작가들이 나름대로의 사랑론을 펴거나 작중 인물들을 통해 사랑에 관한 메시지를 전달하였는데, 그중에서 몇 가지를 소개하겠습니다.

죽음보다 더 강한 것은 이성이 아니라 사랑이다.

_토마스 만

누군가를 사랑한다는 것은 우리의 인생 과업 중에 가장 어려운 마지막 시험이다. 다른 모든 일은 그 준비 작업에 불과하다.

_라이너 마리아 릴케

사랑을 치유하기 위한 유일한 방법은 더 많이 사랑하는 것이다.

_헨리 데이비드 소로

뭐니 뭐니 해도 제가 이제껏 본 사랑에 관한 말 중 압권은 《논어》 12권 10장에 나오는 '애지욕기생愛之欲其生', 즉 '누군가를 사랑한다는 것은 그 사람이 살게끔 하는 것이다'라는 말입니다. 겉으로 보기에 단순하지만 사랑의 모든 것을 품고 있는 말입니다.

여기서 '산다'는 것은 물론 사람답게 제대로 평화와 행복을 누리는 삶을 의미하지만, 생명을 지키는 것과도 무관하지 않습니다. 사랑하는 일은 남의 생명을 지켜 주는 일이고, 그리고 사랑하는 사람들을 위해 내 생명을 지키는 일이 기본 조건입니다.

사는 게 힘들다고, 왜 날 못살게 구느냐고 그렇게 보란 듯이 죽어 버리면, 생명을 지켜 주지 못한 채 남아 있는 사람들이 사랑할 몫도 조금씩 앗아 가는 것입니다.

With Love,
장영희

* 《문학의 숲을 거닐다》에 실린 〈사랑과 생명〉 중 일부를 발췌해 수록한 것입니다.

| 차 례 |

여는글 사랑은 살리는 것 _ 4

1장. 사랑하고 잃는 것이 차라리 나으리

사랑에 빠진 후 가슴속에 늘 시가 있습니다 _ 11
작가들의 연애편지

사랑의 힘 _ 16
엘리자베스 바렛 브라우닝

내가 다시 태어난 날 _ 28
크리스티나 로제티

사랑하고 잃는 것이 차라리 나으리 _ 35
앨프리드 테니슨

나의 일은 사랑입니다 _ 46
에밀리 디킨스

사랑, 그 지독한 _ 56
윌리엄 버틀러 예이츠

첫사랑이 나를 다시 부르면 _ 68
새러 티즈데일

사랑의 철학 _ 80
퍼시 비쉬 셸리

스캔들과 사랑 사이 _ 90
조지 고든 바이런

2장. 어떻게 사랑하며 살아가는가

내 생애 최고의 연애소설 _ 99
에밀리 브론테 《폭풍의 언덕》

혼자만의 것 _ 106
카슨 매컬러스 《슬픈 카페의 노래》

사랑할 수 있는 능력을 상실한 곳 _ 112
도스토예프스키 《카라마조프의 형제들》

진정으로 위대한 것 _ 117
스콧 피츠제럴드 《위대한 개츠비》

아버지는 누구인가 _ 122
다니엘 월러스 《큰 물고기》

불 켜진 나의 창밖에는 _ 130
《안데르센 동화》

동심, 마음의 고향 _ 135
제임스 매튜 베리 《피터팬》

나의 그 사람 _ 141
윌라 S. 캐더 《나의 안토니아》

장영희 교수의 사랑에 관한 에세이 **아프게 짝사랑하라**

'진짜'가 되는 길 _ 147

젊음의 의무 _ 152

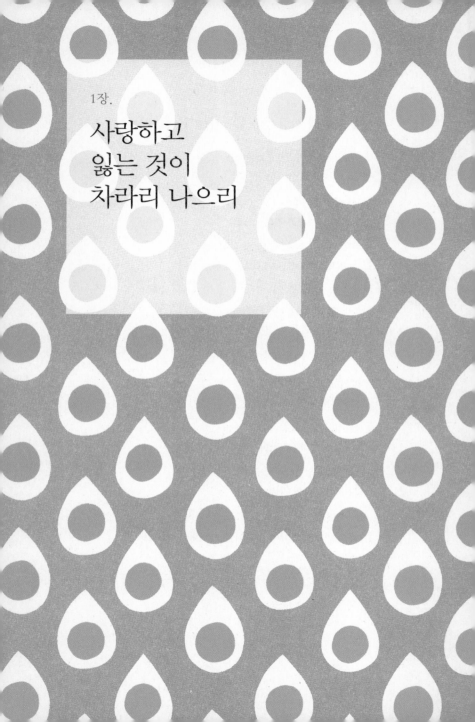

1장.

사랑하고
잃는 것이
차라리 나으리

사랑에 빠진 후
가슴속에 늘
시가 있습니다

오늘은 연애편지에 대한 이야기를 여러분과 나눠 볼까 합니다. 연애편지…… 참으로 오랜만에 듣는 말이지요? 마치 이수일과 심순애의 신파극에나 나왔던 말인 양 느껴집니다. 요즘은 연애편지라는 말을 입에 올리는 사람을 본 적도 없거니와 실제로 연애편지를 쓰는 사람도 없을 것입니다. 아니, 지금처럼 빛의 속도로 진화하는 IT 시대에 사랑하는 사람에게 연애편지를 보내면, 오히려 우둔하고 전근대적이라고 딱지를 맞을지도 모릅니다.

밤새워 누군가의 얼굴을 떠올리며 흰 종이 위에 한 자 한 자 정성 들여 씁니다. 쓰다가 마음에 안 들면 다시 쓰고, 다 쓰고 나서도 몇 번씩 읽어 보고 또다시 쓰고, 그러고 나서야 제일 예쁜 봉투에 넣어 살짝 침발라 봉합니다. 그게 다가 아닙니다. 가방에 넣고 다니다가 드디어 숨한번 크게 쉬고 우체통에 집어넣기까지 또 며칠이 걸리지요. 이렇게 연애편지를 쓰는 과정은, 사실 참으로 번거롭고 복잡합니다.

그런데도 괴테^{Johann Wolfgang von Goethe} 같은 작가는 연애편지 찬양론자로서 편지란, "가장 아름답고 내 옆에 가장 가까이에 있는 삶의 숨결"이라고 했는가 하면, 17세기 영국 시인 존 던^{John Donne}은 "편지는 키스보다 더 강하게 두 영혼을 결합해 준다"고 말했지요. 작가들이 쓴 오래된 편지 몇 통을 함께 읽어 볼까요?

눈과 서리 사이에서 꽃 한 송이가 반짝입니다.
마치, 내 사랑이 삶의 얼음과 악천후 속에서 빛나듯이 말입니다.
어쩌면 오늘 가게 될지도 모르겠습니다.
난 잘 있고, 마음도 편안합니다.
그리고 어제보다 오늘, 오늘보다 내일, 당신을 더 사랑합니다.
  _1780년경 요한 볼프강 괴테가 샤를로테 폰 슈타인에게 보낸 편지 중에서

나는 열한 시 삼십 분에 들어왔습니다.
그러고는 줄곧 바보처럼 안락의자에 멍하니 앉아 있었습니다.

아무것도 할 수 없었습니다.

당신의 목소리밖에는 들리지 않습니다.

나는 언제나 당신이 '사랑하는 당신'이라고 부르는 소리를 듣고 있는 바보입니다.

나는 오늘 두 사람에게나 말도 하지 않고 냉정하게 굴어서 그들의 기분을 언짢게 만들었습니다.

내가 듣고 싶은 것은 그들의 목소리가 아니라,

당신의 목소리이기 때문입니다.

_1904년 제임스 조이스가 노라 바너클에게 보낸 편지 중에서

사랑하는 당신이여,

내가 무엇을 잘못했기에 이토록 나를 괴롭히십니까?

오늘도 편지가 없군요.

첫 번째 들어오는 우편에도, 두 번째 우편에도 말입니다.

이토록 나의 마음을 아프게 하시다니요!

당신이 보내는 단 한 글자라도 보면 내 마음은 행복해질 텐데요!

당신은 내가 싫증이 난 것입니다.

그 외에 다른 이유를 생각해 낼 수가 없군요.

_1912년 프란츠 카프카가 펠리스 바우어에게 보낸 편지 중에서

《주홍 글씨Scarlet Letter》의 작가 너대니얼 호손Nathaniel Hawthorne은 그의 아내 소피아 피바디Sophia Peabody에게 이런 편지를 보내기도 했습니다.

사랑하는 당신, 나에게 운율을 만드는 재주가 있었으면 합니다.

당신과 사랑에 빠진 이후, 내 머리와 가슴속에는 언제나 시가 있습니다.

아니, 당신이 바로 시입니다.

당신은 자연이 부르는 달콤하고 소박하고 즐거운 노래와 같습니다.

아무리 봐도 내용이 좀 유치할 정도로 상투적이고 단순해서 복잡하고 난해한 작품으로 정평이 나 있는 작가들이 썼다고는 믿기지 않는 편지들입니다. 그건 아마 사랑 자체가 아주 순수하고 단순한 감정이기 때문일 것입니다.

불후의 명작을 남긴 대문호이든 일반인이든, 늙었든 젊든, 부자든 가난하든 사람이면 누구나 느끼는 본능이고, 이러한 본능은 군더더기 없이 꾸밈없고 진실한 문체여야 제대로 전달될 수 있는지도 모릅니다.

무엇이든 느린 것을 못 참는 요즘 학생들은 휴대전화의 작은 화면에 이상한 암호 같은 문자메시지로 사랑을 표시하지만, 그 큰마음을 어떻게 그렇게 옹색한 공간에 담을 수 있는지 알다가도 모를 노릇입니다. 그리고 사랑과 같이 순수하고 깨끗하고 부드러운 감정을 표현하는 데 복잡하고 딱딱한 기계는 어쩐지 어울리지 않습니다. '삶의 숨결'이 꽉 막힐 것 같습니다.

요즘 같은 시대에 연애편지를 쓰는 과정은 바보스럽게 느껴질지도 모릅니다. 하지만 원래 사랑하는 마음 자체가 어리숙하고 바보스럽지 않은가요? 빨리 내 마음에 들어오라고 해서 때맞춰 얼른 들어오고, 이제 됐으니 나가 달라고 하면 신속하게 나가 주는 게 아니지요.

사랑이란 느릿느릿 들어와 어느덧 마음 한가운데 떡하니 버티고 앉아 눈치 없이 아무 때나 불쑥불쑥 튀어나오고, 힘들고 거추장스러우니 제발 나가 달라고 부탁해도 바보같이 못 알아듣고 꿈쩍도 않습니다.

오늘 밤 '사랑하는 당신에게'로 시작하는 편지로 바보 같은 마음을 전해 보는 건 어떨까요?

사랑의
힘

당신이 날 사랑해야 한다면

당신이 날 사랑해야 한다면
오직 사랑만을 위해 사랑해 주세요.
그녀의 미소 때문에… 그녀의 모습… 그녀의
부드러운 말씨… 그리고 내 맘에 꼭 들고
힘들 때 편안함을 주는 그녀의 생각 때문에
'그녀를 사랑해'라고 말하지 마세요.
사랑하는 이여, 이런 것들은 그 자체로나
당신 마음에 들기 위해 변할 수 있는 것,

그리고 그렇게 얻은 사랑은 그렇게 잃을 수도 있는 법.

내 뺨에 흐르는 눈물

닦아 주고픈 연민 때문에 사랑하지도 말아 주세요.

당신의 위안 오래 받으면 눈물을 잊어버리고,

그러면 당신 사랑도 떠나갈 테죠.

오직 사랑만을 위해 사랑해 주세요.

사랑의 영원함으로 당신 사랑 오래오래 지니도록.

If Thou Must Love Me

If thou must love me, let it be for nought

Except for love's sake only. Do not say

"I love her for her smile-her look-her way

Of speaking gently,-for a trick of thought

That falls in well with mine, and certes brought

A sense of pleasant ease on such a day"-

For these things in themselves, Belovèd, may

Be changed, or change for thee,-and love, so wrought,

May be unwrought so. Neither love me for

Thine own dear pity's wiping my cheeks dry,-

A creature might forget to weep, who bore

Thy comfort long, and lose thy love thereby!

But love me for love's sake, that evermore

Thou may'st love on, through love's eternity.

측은한 마음이나 연민이 아니라 아무런 조건도 붙지 않는 사랑, 오직 사랑만을 위해서 사랑을 해달라는 시인은 영문학 사상 가장 유명한 로맨스의 주인공입니다. 마흔 살의 노처녀이자 오랜 투병 생활에 지친 환자였던 엘리자베스 바렛이 당시 무명 시인이었던 여섯 살 연하의 로버트 브라우닝Robert Browning, 1812~1889의 열렬한 구애를 받아들이면서 쓴 시입니다.

엘리자베스 바렛 브라우닝Elizabeth Barrett Browning은 1806년에 태어나 1861년에 죽은 시인입니다. 그녀는 원래 시한부 인생이었습니다. 15세 이상 살지 못한다는 선고를 받았던 그녀가 어떻게 56세까지 살 수 있었을까요? 저는 사랑의 힘 덕분이라고 생각합니다. 사랑의 힘은 생명까지도 연장시킬 만큼 큰 힘이라고요.

그녀는 자메이카에 커다란 사탕수수 밭을 갖고 있는 부호의 맏딸로 태어났습니다. 어렸을 때부터 재기才氣가 뛰어나서 네 살 때부터 시를 쓰기 시작했다고 합니다. 여덟 살에 희랍어를 읽고 열한 살 때는 네 권으로 된 서사시를 쓸 정도로 뛰어난 문학적 재능을 가지고 있었고, 열여덟 살에는 지명도 있는 문학잡지에 시가 소개되기 시작했지요.

그녀에게는 열한 명의 형제가 있었는데 부친은 딸의 재능을 인정해서 맏딸에게만 서재를 개방했고, 일부러 런던에서 책을 주문해 주기도 했다고 합니다. 유복한 가정, 아름답고 전원적인 환경 속에서 아버지의 지원을 받으며 시재詩才를 마음껏 펼칠 수 있는 유년 시절을 보냈지요. 그러나 열네 살 되던 해 말에 안장을 얹다가 척추를 다치고, 다시 또 몇 년 후에는 가슴에 동맥이 터져서 일생을 가슴앓이와 고질적인 감기에 시달리는 시한부 인생의 환자로 살게 됩니다. 게다가 1832년, 스물다섯 살쯤 되었을 때 아버지의 사업이 경영난으로 파산하는 지경에 이릅니다.

그런 상황에서도 엘리자베스 바렛의 문학적인 경력은 승승장구해서 영국에서 가장 유명한 젊은 시인으로 알려지기 시작했습니다. 건강 때문에 공기가 나쁜 런던을 떠나 남부 시골로 이사하는데, 그녀를 간병하던 남동생이 익사를 하게 됩니다. 그녀는 일생 죄책감에 시달렸고, 그로 인해 몸은 쇠약할 대로 쇠약해지게 됩니다. 그로부터 5년간 엘리자베스는 자신의 방에 칩거하며 창작과 번역 활동에 매달렸습니다.

아이러니컬하게도 건강이 나쁘다는 것이 오히려 그녀가 창작 활동을 하는 데는 도움이 되었습니다. 환자라는 이유로 그 시대에 전통적인 가정의 맏딸로서 감수해야 했던 가사 노동과 희생에서 면제되었고, 덕분에 독서를 하고 글을 쓸 수 있는 시간적인 여유를 가질 수 있었기 때문입니다.

1844년 출간한 《시집Poems》이 큰 성공을 거두며, 그녀는 생존해 있는 가장 위대한 시인 중 하나라는 평을 받기 시작합니다. 이 중에서 가장 유명한 시가 〈제럴딘 부인의 구애Lady Geraldine's Courtship〉라는 시입니다. 그런데 이 시집을 읽은 젊은 무명의 시인 로버트 브라우닝이 1845년 1월 10일 그녀 앞으로 대담한 연애편지를 씁니다.

바렛 양, 당신의 시를 온 마음 다해 사랑합니다. (…) 당신의 시는 내 속으로 들어와 나의 한 부분이 되었습니다. (…) 온 마음 다해 이 시집들을 사랑하고, 당신도 사랑합니다.

I love your verses - with all my heart, dear Miss Barret. (…) so into me has it gone, and part of me has it become (…) I do, as I say, love these books with all my heart - and I love you too.

로버트 브라우닝은 첫 편지에서 이렇게 사랑 고백을 할 정도로 성격이 활달했습니다. 훗날 대표작이 된 몇 작품을 내놓은 상태이긴 했지만, 당시만 해도 시인으로서보다는 잘생긴 용모, 적극적인 성격으로 사교계에 널리 알려져 있었지요.

사랑할 시간이 그리 많지 않습니다

일찍이 후배 시인의 재능을 알고 있었던 엘리자베스는 답장을 하게 되고, 이듬해 봄 그가 엘리자베스를 방문하기에 이릅니다. 결혼할 때까지 2년간 그들이 주고받은 연시戀詩만 해도 두꺼운 책 두 권에 달하고, 엘리자베스의 연시들은 대부분 이 시절 브라우닝을 상대로 쓰여진 것입니다.

하지만 두 사람의 사랑은 엘리자베스 아버지의 강력한 반대에 부딪힙니다. 아버지의 입장에서는 병약한 딸, 그것도 언제 죽을지도 모르는 딸이 결혼한다는 것을 생명과 연관시켜서 생각할 수밖에 없었을 것입니다.

그래서 두 연인은 1846년 엘리자베스의 집에서 멀지 않은 교회에서 브라우닝의 친구 한 명, 엘리자베스의 하녀만이 참석한 가운데 비밀 결혼식을 올리고, 바로 다음 주에 그녀의 건강을 위해 기후가 따뜻한 이탈리아의 플로렌스로 떠납니다.

결혼 3년 만에 엘리자베스는 그동안 쓴 마흔네 편의 연시를 처음으로 남편에게 보여 주었습니다. 그 아름다움에 감명받은 로버트 브라우닝은 출판을 권유하는데, 너무나 사적인 시들이었기 때문에 자신의 이름으로 시집을 내지 않고 특유의 재치를 발휘해서 《포르투갈인의 소네트 Sonnets from the Portuguese》(1850)라고 제목을 붙입니다. 포르투갈어로 된 연시들을 번역한 것처럼 말이지요.

재미있는 것은 몇몇 비평가들은 금방 이 시들이 엘리자베스가 쓴 것이라고 눈치챘다는 것입니다. 그래서 어떤 비평가는 "아마도 원래 포르투갈어로 쓰인 소네트sonnet, 14행시일지도 모른다. 그렇지만 그 생동감과 진지함은 브라우닝 부인이 알려진 번역가 중에서 가장 완벽하다는 것을 증명하는 것이거나 아니면 자신에게 돌아올 영광을 겸손하게 거부하는 것인지도 모른다"라고 말하며 간접적으로 분명 이 시들은 엘리자베스 브라우닝이 쓴 것임을 인정하고 있습니다.

브라우닝 부부는 플로렌스의 카사 귀디Casa Guidi라는 저택의 한 층을 빌려 살면서 활발한 작품 활동을 했습니다. 엘리자베스는 이탈리아의 인권 운동에 관여하기도 했지요.

시한부 인생으로 병약해서 집 밖으로는 나오지도 못했고, 결혼조차 할 수 있을지 몰라 집안에서 반대했던 사람이라고는 믿기지 않을 만큼 활발한 활동이었습니다. 사랑의 힘이 아니고는 설명할 수 없는 일입니다.

사랑의 힘은 결국 생명의 힘까지도 북돋아서 1849년 엘리자베스는 아들을 순산했고, 15년간 행복한 결혼 생활을 한 후에 1861년 남편이 지켜보는 가운데 눈을 감게 됩니다.

앞서 소개한 〈당신이 날 사랑해야 한다면〉이 이러이러하게 나를 사랑해 달라는 조건을 내세우고 있다면, 〈당신을 어떻게 사랑하느냐구요?How Do I Love Thee?〉는 그 사랑에 화답하는 방법을 이야기하고 있는 시입니다.

내가 당신을 어떻게 사랑하느냐구요? 방법을 꼽아 볼게요.

살아가는 목적과 완전한 아름다움을 찾을 때

아스라이 내 영혼이 닿을 수 있는 깊이만큼,

넓이만큼, 그 높이만큼 당신을 사랑합니다.

햇빛과 촛불 아래

일상의 그지없이 조용한 필요에 따르듯이 당신을 사랑합니다.

당신을 자유롭게 사랑합니다.

올바름을 위해 애쓰는 사람들처럼.

당신을 순수하게 사랑합니다.

칭찬을 외면하는 사람들처럼.

지난날 슬픔에 쏟았던 격정과 어린 날의 신앙으로 당신을 사랑합
니다.

내 곁을 떠난 이들과 함께 떠난 줄만 알았던 사랑으로 당신을 사랑
합니다.

내 삶의 모든 숨결과 미소와 눈물로 당신을 사랑합니다.

신이 허락하신다면 죽은 후에 당신을 더욱 사랑하렵니다.

How Do I Love Thee?

How do I love thee? Let me count the ways.

I love thee to the depth and breadth and height

My soul can reach, when feeling out of sight

For the ends of being and ideal grace.

I love thee to the level of every day's

Most quiet need, by sun and candle-light.

I love thee freely, as men strive for right.

I love thee purely, as they turn from praise.

I love thee with the passion put to use

In my old griefs, and with my childhood's faith.

I love thee with a love I seemed to lose

With my lost saints. I love thee with the breath,

Smiles, tears, of all my life; and, if God choose,

I shall but love thee better after death.

개인적으로 '내 곁을 떠난 이들과 함께 떠난 줄 알았던 사랑으로 당신
을 사랑합니다'라는 마지막 부분을 아주 좋아합니다. 사랑하던 사람들
이 내 곁을 떠날 때 내가 느끼는 사랑까지도 떠난 줄 알았는데, 나에게

그 사랑이 아직 남아 있구나 하는 희열을 느낄 수 있지요.

그녀는 이 시에서 당신이 다른 그 무엇도 아닌 사랑만을 위해 나를 사랑해 준다면, 나 또한 삶의 숨결과 미소와 눈물로 온전히 나 자신을 바쳐, 내 영혼이 닿을 수 있는 깊이만큼, 높이만큼, 넓이만큼 당신을 사랑하겠다고 고백하고 있습니다. 죽은 후에도 신이 허락한다면 계속 사랑하겠다는, 삶을 넘어서는 깊은 사랑을 말하고 있습니다.

결국 이렇게 하나가 된 두 사람은 그 무엇과도 바꿀 수 없는 사랑의 기쁨을 노래합니다. 앞서 소개한 두 편의 시는 부족하지만 제가 번역한 것이고요, 이번 시는 피천득 선생님이 정말 아름답게 번역하신 것을 그대로 전해 드리겠습니다.

참으로 그러하리까

참으로 그러하리까 이 자리에 누워 내가 죽는다면
내가 없음으로 당신이 삶의 기쁨을 잃으리까
무덤의 습기가 내 머리를 적시운다고 햇빛이 당신에게 차가우리까
그리리라는 말씀을 편지로 읽을 때
나는 임이여 놀랬나이다 나는 그대의 것이외다
그러나 임께야 그리 끔찍하리까
나의 손이 떨리는 때라도

임의 술을 따를 수 있사오리까

그렇다면 나의 영혼은 죽음의 꿈을 버리옵고

삶의 낮은 경지를 다시 찾겠나이다

사랑! 나를 바라보소서 나의 얼굴에 더운 숨결을 뿜어 주소서

사랑을 위하여 재산과 계급을 버리는 것을

지혜로운 여성들이 이상히 여기지 않듯

나는 임을 위하여 무덤을 버리오리다

그리고 눈앞에 있는 고운 하늘을

당신이 있는 이 땅과 바꾸오리다

Is It Indeed So?

Is it indeed so? If I lay here dead,

Wouldst thou miss any life in losing mine?

And would the sun for thee more coldly shine

Because of grave-damps falling round my head?

I marvelled, my Beloved, when I read

Thy thought so in the letter. I am thine-

But… so much to thee? Can I pour thy wine

While my hands tremble? Then my soul, instead

Of dreams of death, resumes life's lower range.

Then, love me, Love! look on me-breathe on me!

As brighter ladies do not count it strange,

For love, to give up acres and degree,

I yield the grave for thy sake, and exchange

My near sweet view of heaven, for earth with thee!

지금 이 땅에 둘이 함께 있는 이 순간이 최상의 기쁨이며, 아무리 좋은
세상이 온다 해도, 아무리 아름다운 것을 준다 해도 결코 당신과 함께
있는 이 순간과 바꾸지 않겠다는 시인의 결의가 담긴 시입니다. 사랑
의 힘으로 생명까지 연장시켰던 시인의 아름다운 사랑 이야기가 함축
되어 있지요.

엘리자베스 바렛 브라우닝의 삶을 통해 보았듯 문학의 힘이란 결국 사
랑의 힘에 근거한다고 볼 수 있습니다. 또한 그녀의 연시들이 오랜 세
월이 흘렀음에도 세계 문학에서 굳건한 위치를 차지하고 호소력을 잃
지 않는 것 또한 간접 경험이나 상상이 아니라 진실한 사랑의 체험에
서 나왔기 때문일 것입니다.

사랑의 힘은 위대합니다.

내가
다시
태어난 날

생일

내 마음은 물오른 가지에 둥지 튼
한 마리 노래하는 새입니다.
내 마음은 탐스런 열매로 가지가
휘어진 한 그루 사과나무입니다.

내 마음은 무지갯빛 조가비,
고요한 바다에서 춤추는 조가비입니다.
내 마음은 이 모든 것들보다 더 행복합니다.

내게 사랑이 찾아왔기 때문이지요.
저를 위해 비단과 솜털로 단╍을 세워 주세요.

그 단에 모피와 보랏빛 장식 천 드리우고
무늬 화려한 공작을 새겨 주세요.
금빛, 은빛 포도송이와
잎사귀, 또 은빛 백합화를 수놓아 주세요.

이제야 내 삶이 시작되었으니까요.
내게 사랑이 찾아 왔으니까요.

A Birthday

My heart is like a singing bird

Whose nest is in a watered shoot;

My heart is like an apple-tree

Whose boughs are bent with thickset fruit;

5 My heart is like a rainbow shell

That paddles in a halcyon sea;

My heart is gladder than all these

Because my love is come to me.

Raise me a dais of silk and down;

10 Hang it with vair and purple dyes;

Carve it in doves and pomegranates,

And peacocks with a hundred eyes.

Work it in gold and silver grapes,

In leaves and silver fleurs-de-lys;

15 Because the birthday of my life

Is come, my love is come to me.

진정한 생일은 육신이 이 지상에서 생명을 얻은 날이 아니라 사랑을 통해 다시 태어난 날이라고 노래하는 〈생일A Birthday〉은 크리스티나 로제티Christina Rossetti, 1830~1894가 스물일곱 살 때 쓴 시입니다.

로제티는 〈생일〉보다는 〈내가 죽었을 때, 사랑하는 이여When I'm Dead, My Dearest〉, 〈누가 바람을 보았나요Who Has Seen the Wind〉 등의 서정시로 우리에게 친숙한 시인입니다. 하지만 그녀의 삶은 지금까지도 베일에 가려진 채 잘 알려져 있지 않습니다.

단지 영국인 아버지와 이탈리아인 어머니가 모두 시인 집안 출신이었고, 특히 그녀의 오빠이자 화가인 단테 가브리엘 로제티Dante Gabriel

Rossetti가 그린, 빅토리아 시대 초기 그림에 등장하는 어린 마돈나의 모델이 동생 크리스티나였다는 정도만 알려져 있을 뿐입니다.

고전적이고 단아한 미모의 로제티는 어렸을 때부터 고집 세고 반항적이고 독립적이었으며, 두 살 때 시를 쓰기 시작했다고 전해집니다. 그녀의 시는 사랑, 자연, 영원, 신을 담고 있지만, 주제가 무엇이든지 '사랑 고백시'라고 할 수 있습니다.

엄격한 영국 국교도인으로서 일생 동안 섬겼던 하느님에 대한 사랑, 그리고 성숙하고 아름다운 여인으로서 느끼는 사랑의 열정과 절망이 시의 주된 소재였습니다.

손에 닿을 듯 닿지 않는 위대한 신의 존재는 그녀에게 늘 시적 영감을 불러일으키는 원동력이었습니다. 자유분방하면서 감정의 절제가 혼재되어 있는 그녀의 종교시들은 17세기 조지 허버트George Herbert의 시 이래로 가장 뛰어난 종교시라고 평가받기도 합니다.

신앙을 따르기 위해 두 번씩이나 결혼을 포기했던 그녀이기에, 결합의 행복보다는 좌절과 이별을 노래하는 사랑 시가 더 많습니다. 그런 면에서 〈생일〉은 섬세하고 육감적이기까지 한 이미지를 통해 사랑의 기쁨과 환희를 표출했다는 점에서 특이하다고 할 수 있습니다.

종전까지는 크리스티나 로제티의 사랑의 대상이 18세 때 청혼했던 화가 제임스 콜린슨James Collinson과 36세 때 약혼했던 학자 찰스 케이레이Charles B. Caylay라고 생각해 왔습니다.

하지만 〈생일〉을 비롯해 그녀의 가장 열정적인 연시들은 20대 때 쓰인 것들입니다. 또 감정적인 진공 상태에서 순전히 상상이나 불투명한 추억의 상념만으로 썼다고 보기는 힘든 면이 있지요.

그런데 최근 전기 작가 로나 패커Lona Mosk Packer는 로제티가 일생 동안 혼신을 다해 사랑했던 사람은 위의 두 사람이 아니라 오빠 단테 가브리엘의 절친한 친구였으며 화가이자 시인인 윌리엄 벨 스콧William Bell Scott이었음을 밝혔습니다.

스콧은 이미 결혼한 상태였고, 엄격했던 빅토리아 시대의 율법으로는 결코 허락될 수 없는 사랑이었습니다. 결국 좌절과 연민만 남겼지만 그 경험은 그녀의 시 세계에 깊이 각인되었고, 삶을 움직이는 힘이 되어 그녀를 더욱 성숙한 시인으로 만들었습니다. 로제티 자신이 묘사하듯 "갇힌 화염의 불안the restlessness of a pent-up conflagration"을 해소하는 길은 오직 시밖에 없었는지도 모릅니다.

말년에 그녀는 어머니와 오빠 가브리엘, 스콧 등 사랑하는 이들을 죽음으로 잃고 외롭게 살았습니다. 그 무렵 그녀가 쓴 《말년의 삶Later Life》에 수록된 소네트 중 하나는 "사랑은 용서할 수 없는 과거를 용서한다 Love pardons the unpardonable past"라는 말로 끝맺고 있습니다.

로제티의 삶은 이루어질 수 없는 사랑이 남긴 상처와 절망, 외로움과 몰이해로 점철된 것이었지만 그녀는 사랑의 아픔을 시의 고양된 아름다움으로 승화시켜 참된 사랑의 승리자로 남았습니다.

사랑할 시간이 그리 많지 않습니다

그녀의 시 중 가장 유명한 시로 〈무엇이 무거울까?What Are Heavy?〉가 있습니다.

무엇이 무거울까?

무엇이 무거울까?
바다모래와 슬픔이
무엇이 짧을까?
오늘과 내일이
무엇이 약할까?
봄꽃들과 청춘이
무엇이 깊을까?
바다와 진리가

What are heavy?

What are heavy?
sea-sand and sorrow:
What are brief?
today and tomorrow:

What are frail?

spring blossoms and youth:

What are deep?

the ocean and truth.

'무엇이 무거울까'에 대한 답으로 시인은 '바다모래와 슬픔'을 말합니다. 처음에는 구체적인 사물을 말하고 다음에 추상적인 상징을 연결하여 이야기하고 있지요. 나라면 무거운 것은 바위, 우리가 짊어지고 가는 삶의 무게라고 했을 것 같은데 말입니다.

짧은가 하면 긴 것이 세월이고, 약한가 하면 강한 것이 청춘이고, 무거운가 하면 짊어지고 가면서 그런대로 기쁨과 보람도 느끼는 것, 그것이 삶의 무게가 아닐까요?

사랑할 시간이 그리 많지 않습니다

사랑하고
잃는 것이
차라리
나으리

사우보 思友譜

조금도 부러워 않으리

고귀한 분노를 모르는 포로를

여름 숲을 전혀 모르는

새장에서 태어난 방울새를

부러워 않으리, 시간의 들녘에서

제멋대로 뛰어놀며

죄책감에 얽매이지도 않고

양심도 깨어 있지 않은 짐승들을

자신은 축복받았다 생각할지도 모르지
하지만 사랑의 맹세를 한 번도 해본 적 없이
태만의 잡초로 뒤덮인 무기력한 가슴이나
결핍에서 생겨난 마음의 평화 따위는 부럽지 않아

무슨 일이 있어도 나는 이를 진리로 여기리
가장 슬픈 때에도 나는 느끼리

한 번도 사랑해 본 적 없는 것보다
사랑해 보고 잃는 것이 차라리 낫다는 것을.

In Memoriams

I envy not in any moods

The captive void of noble rage,

The linnet born within the cage,

That never knew the summer woods;

In envy not the beast that takes

His license in the field of time,

Unfetter'd by the sense of crime,

사랑할 시간이 그리 많지 않습니다

To whom a conscience never wakes;

Nor, what may count itself as blest,
The heart that never plighted troth
But stagnates in the weeds of sloth:

I hold it true, whate'er befall;
I feel it, when I sorrow most;

'T is better to have loved and lost
than never to have loved at all.

존 밀턴John Milton의 〈리시다스Lycidas〉, 셸리P. B. Shelly의 〈아도니스
Adonis〉 등과 함께 영문학사에서 가장 유명한 비가elegy로 꼽히는 《사우
보思友譜, In Memoriams》(1850)의 일부입니다. 사랑하는 친구의 죽음을 애
도하는 이 시는 131개의 단시로 이루어져 있고, 3,000행에 달하는 대작
이지요.

인용된 부분은 그중 27번째로, 《사우보》의 일부에 불과하지만 하나의
완벽한 시로 읽히며, 그 주제도 동일합니다. 마지막 두 행 '한 번도 사
랑해 본 적 없는 것보다 / 사랑해 보고 잃는 것이 차라리 낫다'는 것은
아마도 영미 문학에서 가장 널리 알려지고 자주 인용되는 구절 중의 하

나일 것입니다.

이 시는 사랑의 슬픔, 그중에서도 특히 사랑하는 이를 잃는 슬픔을 맛본 자만이 참된 사랑을 알 수 있고, 그 가치를 터득할 수 있다는 아이러니를 강조하며, 궁극적으로는 죽음과의 화해 내지는 용납을 역설하고 있습니다.

특히 여기서 주목할 것은 호탕한 어조로 '부러워 않으리I envy not'를 반복하는 것이 오히려 역설적이게도 '아주 부럽다I envy very much'의 의미를 떠올리게 한다는 사실입니다. 고귀한 분노를 모르는 포로, 여름 숲을 모르는 방울새처럼 살 수 있다면, 죽음과 이별이 없는 세상에서 살 수 있다면 좋겠지만 그러한 삶은 어디에도 없겠지요.

그렇기에 그러한 그리움과 안타까움에도 불구하고, 사랑할 수 있는 사람을 만났었다는 것 자체를 행운으로 받아들이며 시는 조용한 자기 위안으로 끝나고 있습니다.

생존 시, 당시의 여왕이었던 퀸 빅토리아Queen Victoria만큼이나 유명했던 앨프리드 테니슨Alfred Lord Tennyson, 1809~1892은 현재까지도 로버트 브라우닝과 함께 빅토리아 시대Victorian Age, 1837~1901의 대표적인 시인으로 남아 있습니다.

'언어의 왕lord of language', '단어의 발견자discoverer of words' 또는 '영국 시인 중 가장 섬세한 귀의 소유자the finest ear of any English poet'라는 칭호만 봐도, 그가 얼마나 형식과 테크닉에 각별한 관심을 기울인 예술가였는가를 알 수 있습니다. 때로는 형식에 너무 집착한 나머지 비판을 받기도 했지만, 서정성과 음악성은 어느 시인보다 뛰어납니다.

테니슨의 시는 삶과 분리하여 이해하기 힘들 정도로 자전적인 요소가 짙습니다. 아버지 조지 테니슨George Tennyson은 서머스비Somersby 교구의 목사였지만, 그는 부친의 눈에 벗어나 모든 유산을 동생에게 빼앗기고 풍족하지 못한 생활을 하면서 지독한 비관주의와 좌절감에 빠져 지냅니다.

테니슨에게 가장 큰 악몽은 집안 병력에 간질이 있고, 자신도 가끔 발작의 기미를 보인다는 것이었습니다. 당시 간질은 과도한 성생활에서 연유하는 것이라고 여겨지는 수치스러운 병이었습니다. 어렸을 때 밤에 홀로 교회 묘지에 엎드려 자신도 땅속에 들어가게 해달라고 빌었다는 것만 봐도, 그의 좌절과 환멸이 얼마나 극심했는지 알 수 있습니다.

이렇듯 불우한 유년기를 보낸 그가 외로움을 달랜 방편은 바로 시를 쓰는 것이었습니다. 다섯 살 때부터 쓴 그의 시는 거의 다 우수에 잠기고 암울한 분위기를 갖고 있습니다. 시를 쓸 때의 버릇도 이때 시작된 듯싶은데, 혼자 산보를 하며 발걸음의 리듬에 맞춰 시행을 생각해 내고 후에 기록하곤 했다고 합니다. 그의 시가 탁월한 리듬 감각을 지니는 이유입니다.

17세 되던 해, 그는 케임브리지 대학에 입학합니다. 이는 서머스비를 떠나기 위한 방편이었습니다. 뛰어난 용모와 해박한 지식 덕에 그는 곧 일종의 문학 동인회이자 급진적 사상을 가진 토론 클럽이던 '사도들The Apostles'의 인기 회원이 됩니다. 그리고 그 클럽의 회장 격이던 아서 헨리 핼럼Arthur H. Hallam과 절친한 친구 사이가 됩니다.

한 비평가가 '테니슨의 생에는 단 한 가지 사건, 즉 핼럼을 만난 것만이 있다'라고 말했을 정도로 그는 테니슨의 시와 삶에 큰 영향을 미칩니다. 테니슨의 동생 에밀리가 핼럼과 연인 사이가 되면서 우정은 더욱 돈독해졌습니다. 그는 핼럼의 권유로 《서정시집Poems, Chiefly Lyrical》(1830)을 출판했고, 둘 사이는 테니슨의 일생 중 가장 중요한 인간관계로 발전합니다.

그러나 이탈리아로 여행 갔던 핼럼이 갑자기 뇌출혈로 세상을 떠납니다. 그즈음 아버지인 조지 목사도 사망해 그는 재정 문제 때문에 케임브리지 대학을 자퇴해야 했습니다. 그뿐 아니라 1832년 출판한 《시집Poems》은 비평가들에게 혹평을 받았고, 그 일로 충격을 받아 앞으로는 작품을 발표하지 않기로 했던 터라 정신적인 충격이 더욱 컸습니다.

테니슨은 당시를 다음과 같이 회고합니다.

"살기보다는 죽기를 원할 만큼, 내 삶이 완전히 무너지는 것 같은 고통을 당했다I suffered what seemed to me to shatter all my life so that I desired to die rather than to live."

이번에도 그의 감정적 탈출구는 시였습니다. 3년간 우정을 나누었던 핼럼의 사망 소식을 듣고서 이틀 후부터 17년 동안 외로울 때, 친구가 그리울 때마다 쓴 시가 바로 《사우보》입니다.

그는 한때 이웃집 부유한 은행가의 딸 로사 페어링Rosa Paring을 사랑했으나 가난한 자신의 처지 때문에 감히 구혼하지 못합니다. 1836년에는 에밀리 셀우드Emily Selwood와 다시 사랑에 빠집니다. 하지만 두 가지 이유로 결혼을 포기합니다. 첫째는 여전히 재정적인 이유였고, 두 번째는 간질이 자식에게 전해질지 모른다는 두려움 때문이었습니다. 그는 에밀리와 절교를 선언하고 보헤미안적 생활을 하며 시작詩作에만 몰두합니다.

하지만 1940년대에 들어서면서 테니슨은 어두운 운명에서 벗어나기 시작합니다. 10년간의 침묵을 깨고 펴낸 《시집Poems》(1942)은 출판되자마자 열렬한 호평을 받았고, 일약 당대의 대표적 시인으로 부상합니다. 이제껏 그를 괴롭혀 오던 간질 증상에 대해서도 일종의 관절염으로 통증을 예기하는 환상에 불과하다는 의사의 새로운 진단을 받습니다.

1850년은 명실공히 그의 '위대한 해the great year'였습니다. 그해 6월 《사우보》가 출판되었고, 이어 14년간 꾸준히 자신을 기다려 온 에밀리와 결혼합니다. 같은 해 계관시인 워즈워스William Wordsworth가 죽자 그 자리를 계승한 테니슨은 빅토리아 시대 사람들에게 시인이라기보다는 현자賢者의 표상이었습니다.

이후 그의 생애는 영광과 환호의 연속이었습니다. 식사 때면 이 위대한 시인을 일별이라도 하기 위해 창문을 들여다보는 사람들이 하도 많아 헤스레미어Haslemere 부근의 외딴 언덕 위에 올드워스Aldworth라는 집을 따로 지어야 할 정도였지요. 1859년에는 〈왕의 목가Idylls of the King〉를 써, 후에 빅토리아 여왕의 남편이 되는 앨버트 왕자에게 헌정했고, 1884년에는 작위를 받아 테니슨 경이 되었습니다.

나이가 들어서도 젊은 시절 못지않게 정열적으로 창작 활동을 하던 테니슨에게 뜻하지 않은 시련이 닥칩니다. 그의 둘째 아들 라이오넬 Lionel(첫째 아들은 죽은 친구의 이름을 따서 핼럼이라 지었음)이 인도에서 돌아오는 배에서 열병으로 사망, 수장된 것이지요.

이즈음의 시를 보면 인간의 운명에 대해 끊임없이 질문하고 필사적일 정도로 진리를 추구하는 모습이 보이는 한편, 상대적으로 고요하고 평화로운 분위기와 종교에의 귀의도 나타납니다. 〈암벽 사이에 핀 꽃 Flower in the Crannied Wall〉에서 그 특유의 질문을 던집니다.

암벽 사이에 핀 꽃

틈이 벌어진 암벽 사이에 핀 꽃
그 암벽에서 널 뽑아 들었다.
여기 뿌리까지 널 내 손에 들고 있다.
작은 꽃―하지만 내가 너의 본질을

뿌리까지 송두리째 이해할 수 있다면

하느님과 인간이 무언지 알 수 있으련만.

Flower in the Crannied Wall

Flower in the crannied wall,
I pluck you out of the crannies;
Hold you here, root and all, in my hand,
Little flower-but if I could understand
What you are, root and all, and all in all,
I should know what God and man is.

길을 가다가 문득 암벽 사이에 작은 풀꽃 하나가 피어 있는 것을 발견
하고, 딱딱한 바위틈에 뿌리를 내린 것이 신기해 손에 들고 들여다보니
섬세한 꽃술과 꽃잎, 꽃받침까지 완벽한 모습입니다. 아무도 모르는 곳
에 숨어서 아름다움을 발하고 있는 생명 자체가 신비이고, 신의 축복임
을 깨닫고, 하느님과 인간의 신비성에 대해 확인하는 시라고 볼 수 있
습니다.

1892년 테니슨은 83세의 나이로 셰익스피어의 책을 가슴에 얹은 채,
가족과 주치의에 둘러싸여 조용히 죽음을 맞았고, 영국의 최대 문인들
이 묻히는 웨스트민스터 사원에 초서Geoffrey Chaucer와 브라우닝 곁에

나란히 묻혔습니다.

이후 출판되는 자신의 모든 시집의 말미에 넣으라고 유언을 남겼던 〈모래톱을 건너며Crossing the Bar〉를 보면, 그가 떠난 마지막 여행은 행복하고 평화스러운 것처럼 보입니다.

시간과 공간의 경계로부터

물살이 나를 멀리 데려가

모래톱을 건넜을 때

나의 인도자를 뵐 수 있으면,

from out our bourne of Time and Place

The flood may bear me far,

I hope to see my Pilot face to face

When I have crossed the bar.

아직 삶의 내공이 부족한 탓에 사랑을 잃고도 의연하게, 이 세상에서 그 사람을 만났다는 사실만을 위로 삼아 살 자신이 없습니다. 하지만 테니슨이 그의 대표작 중 하나인 〈율리시스Ulysses〉에서 말하는 것처럼

사랑할 시간이 그리 많지 않습니다

'마치 숨만 쉬면 그것이 인생의 전부인 양' 살지 않고, 상처받을 줄 뻔히 알면서도 사랑하는 삶을 택하고 싶은 그런 마음은 있습니다.

얼마나 지리한가, 멈춘다는 것은, 끝장낸다는 것은!
닦지 않아 녹슬고, 쓰지 않아 빛나지 않는 것은!
마치 숨만 쉬면 그것이 인생의 전부인 양!

How dull it is to pause, to make an end,

To rust unburnished, not to shine in use!

As though to breathe where life!

나의
일은
사랑입니다

만약 내가……

만약 내가 한 사람의 가슴앓이를
멈추게 할 수 있다면,
나 헛되이 사는 것은 아니리.
만약 내가 누군가의 아픔을
쓰다듬어 줄 수 있다면,
혹은 고통 하나를 가라앉힐 수 있다면,
혹은 기진맥진 지친 한 마리 울새를
둥지로 되돌아가게 할 수 있다면,
나 헛되이 사는 것은 아니리.

사랑할 시간이 그리 많지 않습니다

If I can......

If I can stop one heart

from breaking,

I shall not live in vain;

If I can ease one life

the aching,

Or cool one pain,

Or help one fainting robin

unto his nest again,

I shall not live in vain.

내 홈페이지 대문에 걸려 있는 에밀리 디킨슨Emily Dickinson, 1830~1886의 시입니다. 시인의 말처럼 손톱만큼이라도 내 존재가 다른 사람에게 도움이 될 수 있다면 헛되이 사는 것은 아니겠지요. 개인적으로 많은 의미를 찾는 시이기도 하고, 또 학생들에게 에밀리 디킨슨처럼 생각해 보는 것이 어떤가 하고 자주 인용하는 시이기도 합니다.

19세기 미국의 대표 시인인 에밀리 디킨슨의 삶은 역설적으로 매우 평범하면서도 특이한 것이었습니다. 1830년 매사추세츠 주의 칼뱅주의

마을 엠허스트^{Amherst}에서 태어나 1886년 5월, 55년 5개월 5일을 살고
나서 죽을 때까지, 표면적으로 그녀의 삶은 아무런 극적 사건도 없이
평범했습니다. 하지만 내면적으로는 골수까지 파고드는 강렬하고 열정
적인 삶을 살았습니다.

에밀리의 할아버지는 엠허스트 대학^{Amherst College}을 건립한 지방 유지
였고 아버지는 변호사로서 엄격한 청교도인이었는데, 그녀가 일생을
통해 보여 준 제도적인 종교에 대한 회의는 이러한 아버지에 대한 반발
이었다고도 볼 수 있습니다.

에밀리는 선교사의 신붓감을 양성하는 특수 목적의 여자전문학교에 진
학했지만 1년도 채 못 돼 종교적인 형식의 강요에 환멸을 느껴 집으로
돌아옵니다. 이후 일생 동안 독신으로 살면서 한 번도 엠허스트를 떠나
지 않은 것은 물론, 자기 집 대문 밖도 나가지 않았다고 전해집니다.

에밀리 디킨슨의 생애에서 가장 유명한 에피소드는 이러한 칩거 생활
과, 그녀가 30대 후반 무렵부터 죽는 날까지 고수했던 흰색 옷입니다.
이웃에 있었던 오빠의 집조차 가지 않았고, 그녀가 각별히 사랑했던 조
카들도 고모를 만나 보려면 그녀 창에 신호를 보내 "다른 사람이 안 보
는 데서 너를 보고 싶다I want to see you without witness"는 승낙을 받아야 했
습니다. 조카들을 위해 과자를 구우면 접시를 끈에 매달아 창밖 아래로
내려뜨려 주는 등, 그녀의 은둔 생활은 철두철미했습니다.

이에 대해 몇몇 전기 작가들은 사랑의 경험을 이유로 들고 있는데, 그

사랑할 시간이 그리 많지 않습니다

토록 절실한 그녀의 사랑의 대상이 누구였는지는 아직도 확실히 밝혀지지 않고 있습니다. 그녀가 열여덟 살 때 만났던, 아버지의 법률 사무소에 근무한 청년 벤 뉴턴Ben Newton은 에밀리에게 당대 작가들의 작품을 소개하고 그녀에게 시를 쓸 것을 권유했다고 합니다.

후에 에밀리는 그를 가리켜 "내게 영원immortality을 가르쳐 준 선생님"이라고 부릅니다. 그러나 몇 년 후에 뉴턴은 폐결핵으로 죽고, 에밀리는 후에 찰스 왜즈워스Wadsworth 목사와 저널리스트 겸 편집자였던 새뮤얼 보울즈Samuel Bowles를 사랑했던 것으로 보이나, 둘 다 기혼남이었으므로 결혼으로 연결되지는 않았습니다.

연대미상의 시에서 그녀는 "내 생명이 끝나기 전에 나는 두 번 죽었습니다My life closed twice before its close"라고 함으로써 사랑하는 사람과의 이별이라는 죽음과도 같은 고통을 두 번 겪은 것으로 쓰고 있습니다.

그녀가 죽는 날까지 고수했던 흰 드레스에 대해 처음으로 언급한 것은 그녀가 서른 살이 되던 1860년경에 쓰인 〈나의 주인님께 드리는 편지 Master Letter〉에서입니다.

나는 오래 기다렸습니다--사랑하는 이여--
그러나 나는 더 기다릴 수 있습니다.
--내 연갈색 머리가 희끗희끗해질 때까지--

내가 '새하얀 옷'을 걸치고 나타나면
당신은 어쩌시렵니까?

I waited a long time-- Master--

but I can wait more

--wait till my hazel hair is dappled--

what would you

do with me if I came "in white"?

그러나 이 편지는 미발송인 채로 남게 되고, 상대가 왜즈워스라는 설과
보울즈라는 설이 서로 엇갈리고 있을 뿐, 여기에서 '오지 않는 님'이 구
체적으로 누구인지는 밝혀지지 않고 있습니다. 그러나 그녀가 마음에
두었던 상대가 누구였든—뉴턴이나 왜즈워스 또는 보울즈였든지, 아
니면 에밀리가 끝까지 비밀로 간직했던 다른 사람이었든지, 또 아니면
몇몇 비평가가 지적하듯 하느님이었든지 간에—그녀의 백의白衣는 육
체적 죽음을 의미하는 수의와 사랑하는 이와의 영적 결합을 의미하는
순결한 웨딩드레스의 의미를 동시에 갖고 있다고 하겠습니다.
에밀리에게 사랑은 마치 종교와도 같은 것이었습니다. 1862년 그녀는
가깝게 지냈던 홀랜드 부인에게 보낸 편지에서 "나의 일은 사랑하는 것
입니다My business is to love"라고 말하며 "나는 지상의 임금이나 천상의 왕

사랑할 시간이 그리 많지 않습니다

으로 불리느니 차라리 사랑받는 쪽을 택하겠습니다I would rather be loved than to be called a king in earth, or a lord in Heaven"라고 덧붙이고 있습니다.

사랑이 일이었던 그녀는 사랑을 무엇이라고 정의 내렸을까요?

사랑은 생명 이전이고

사랑은– 생명 이전이고
죽음– 이후이며–
천지창조의 시작이고
지구의 해석자–

Love Is Anterior to Life

Love- is anterior to Life-
Posterior- to Death-
Initial of Creation, and
The Exponent of Earth-

시라기보다는 경구처럼 읽히는데요, 영미 문학을 통해서 가장 각광받는 시 중 하나라고 할 수 있습니다. 여기서 내린 사랑의 정의는 그녀의 시 세계 전반에 스며들어 있습니다.

디킨슨은 이 시에서 생명과 죽음을 대비시켜서 삶과 죽음을 관통하는 사랑의 영원성과 필연성을 강조하고 있습니다. 사랑은 생명 이전이고, 죽음 이후이다, 그러니까 사랑은 영원하다는 것이지요.

이렇듯 지상의 사랑을 참된 신앙으로 보는 이상주의는 애당초 고통을 수반하게 마련인지도 모릅니다. 현실에서의 사랑은 언제나 이별의 슬픔과 기다림의 갈증을 견뎌 내야 하는 아픈 경험이니까요. 하지만 그 필연적 고통이 그녀의 사랑을 더욱 의미 깊게 만들었는지도 모릅니다. 그래서 한 편지에서 그녀는 이렇게 말하고 있습니다.

사랑은 하나의 완전한 고통입니다. 그 무엇으로도 그 아픔을 견뎌 낼 수 없습니다.

(…) 고통은 오랫동안 남습니다. 가치 있는 고통은 쉽게 사그러들지 않는 법이니까요.

love is that one perfect labor nought can supersede.

(…) the pain is still there, for pain that is worthy does not go soon.

사랑으로 인해 그녀는 시적 삶으로 새롭게 탄생했고, 시의 세계야말로 디킨슨에게 삶의 궁극적인 의미를 주는 비상구였습니다. 철두철미한 칩거 생활을 했기 때문에 그녀의 세계는 바로 집과 뜰 그리고 책, 몇몇의 가까운 친구와 친척들에게 국한되어 있었지만, 그녀의 시에는 삶에 대한 끝없는 열정이 담겨 있습니다. 이는 그녀의 생활이 그 작은 세계 속에서도 얼마나 풍요로웠는지를 말해 줍니다.

집에 붙어 있는 작은 과수원을 돌보고, 뜰에 있는 세 그루의 벚꽃나무를 찾아오는 온갖 새와 나비를 관찰하고, 오얏나무를 타고 오르는 덩굴꽃의 향기를 맡고, 조카의 생일에 과자를 굽고, 창틈으로 새어 들어오는 햇살을 보고 명상하는 사소한 일상 하나하나가 그녀에게는 시적 영감을 불러일으키는 촉매제였습니다.

그녀 스스로도 풍부한 상상력과 독서야말로 우리를 무궁무진한 넓은 세계로 초대한다고 얘기합니다. 아주 짧은 시에서 에밀리 디킨슨은 이렇게 말하고 있습니다.

넓은 평원을 만들려면 클로버 한 개와 벌 한 마리,
클로버 한 개, 그리고 벌 한 마리,
그리고 상상만 있으면 됩니다.
벌이 드물면
상상만 있어도 되지요.

머나먼 세계로 우리를 싣고 가는 데는
책만 한 배가 없지요.

To make a prairie it takes a clover and one bee,

One clover, and a bee,

And revery.

When bees are few,

Only revery will do.

There is no Frigate like a Book

To take us Lands away.

디킨슨은 19세기 당시에는 전혀 시인으로 알려져 있지 않았습니다. 생전에 그녀를 어렵게 설득하여 또는 본인 몰래 서너 편의 시가 발표되었을 뿐, 몇몇 가까운 친척들을 제외하고는 그녀가 시를 쓴다는 사실조차 알고 있는 이가 없었습니다. 그러나 그녀가 죽은 후에 서랍장에는 2,000여 편의 시가 차곡차곡 챙겨져 있었습니다.

디킨슨 시의 특징 중 하나가 제목이 없다는 것입니다. 그래서 첫 행을 제목 대신 사용하거나 1950년 존슨이라는 편집자 겸 비평가가 붙인 번호를 이용해서 시를 구별합니다.

그녀는 전통적인 시형에서 벗어나 운율이나 각운을 무시하고 문법이나 논리적인 어순도 중요하게 여기지 않았습니다. 문장 부호는 두 개의 짧은 선으로 이어지는 '--'를 많이 사용했지요. 도덕적이고 산문적인 정형시를 썼던 동시대의 시인 롱펠로우Henry Wadsworth Longfellow와 비교해 보아도, 그녀가 얼마나 획기적이고 실험적인 시를 썼는지 알 수 있습니다. 디킨슨이 사용한 이미지는 아주 신선하고 강렬해서 기지로 번뜩이고, 그 뒤에는 항상 화살처럼 뾰족한 진리가 숨어 있습니다. 자신을 비밀스럽게 감추려는 의지와 스스로를 폭로해 버리고 싶은 욕망이 시 속에서 함께 엇갈려서, 때로는 암호문처럼 난해한 시가 되기도 합니다.

결국 그녀의 시는 사랑의 사업가로서 한 치도 집 문지방을 넘어서지 않았던 그녀가 이 세상을 향해 띄웠던 사랑의 편지였는지도 모릅니다.

이 시는 답장 없는,
세상을 향해 쓰는 나의 편지입니다.

This is my letter to the World
That never wrote to Me

사랑,
그
지독한

낙엽은 떨어지고

가을이 우리를 사랑하는 기다란 잎새 위에 머뭅니다.
보릿단 속 생쥐 위에도 머뭅니다.
우리 머리 위에 드리워진 마가목 잎새가 노랗게 물들고
이슬에 젖은 산딸기 잎새도 노랗게 물들어 갑니다.

이울어 가는 사랑의 시간이 우리를 둘러쌉니다.
슬픔에 가득 찬 우리 영혼은 지금 피곤하고 지쳐 있죠.
우리 이제 헤어져요. 정열의 계절이 우리를 잊기 전에
그대의 숙인 이마에 입맞춤과 눈물을 남기고.

The Falling of the Leaves

AUTUMN is over the long leaves that love us,

And over the mice in the barley sheaves;

Yellow the leaves of the rowan above us,

And yellow the wet wild-strawberry leaves.

The hour of the waning of love has beset us,

And weary and worn are our sad souls now;

Let us part, ere the season of passion forget us,

With a kiss and a tear on thy drooping brow.

쌀쌀한 날씨 때문에 보릿단 속에 숨은 생쥐, 머리 위로 떨어지는 노란 단풍잎, 열매는 다 떨어지고 축축한 잎만 남은 산딸기…… 가을의 정경은 성숙과 함께 불가피하게 죽음을 맞이해야 하는 자연의 규칙을 상기시킵니다.

시인은 여름내 뜨거웠던 정열이 식고 하늘에 가득했던 보름달이 이지러지는 것처럼 사랑도 그 충만함을 잃었다고 개탄하고 있습니다. 끝을 향해 가는 사랑을 말하면서도 여전히 미련을 버리지 못한 시인은 연인과 자신을 우리[us]라고 일컫고 있습니다.

종지부를 찍듯이 한 번의 입맞춤 한 방울의 눈물이라고 매몰차게 말해 보지만 이어지는 '그대의 숙인 이마'는 이별이 얼마나 어려운 일인가를 다시 강조하고 있습니다.

20세기 최고의 시인이라고 불리는 윌리엄 버틀러 예이츠[William Butler Yeats, 1865~1939]가 쓴 시입니다. 더불어 그는 영문학사에서 가장 유명한 짝사랑을 한 시인이기도 합니다.

영국의 고전학자이자 시인인 A. E. 하우스먼[Alfred Edward Housman]은 시 詩란 '상처받은 진주조개가 극심한 고통 속에서 분비 작용을 하여 진주를 만드는 일'이라고 했습니다. 찬란하게 빛나는 진주를 얻기 위해 극심한 고통을 겪듯, 시인의 고뇌와 아픔 속에서 아름다운 시가 나온다는 말입니다. 예이츠의 경우는 짝사랑이 그를 위대한 시인으로 만드는 매개체가 되었습니다.

예이츠는 1865년 6월 13일 아일랜드의 더블린 교외에서 무명 화가이자 철학자인 존 버틀러 예이츠의 맏아들로 태어났습니다. 그를 포함한 4남매는 모두 역사상 손꼽히는 천재들로 알려져 있습니다. 아버지 예이츠 역시 천재성을 지닌 화가였지만 성격이 괴팍해서 그림을 끝내는 일 없이 다시 그리기만 해서 그의 가족은 언제나 생활고에 시달려야 했습니다.

그는 자서전에서 "어린 시절에 대해서는 고통밖에 생각나는 것이 거의 없다. 나 자신 속에서 그 무엇을 차츰차츰 정복해 가기라도 하듯 해가

감에 따라서 점차 행복해졌다"라고 어린 시절을 회상하고 있습니다.

소년 예이츠는 내성적이었고 그가 태어난 고향 슬라이고Sligo의 자연만이 그의 친구였습니다. 학교에서는 열등생이었고, 숙제보다는 나비나 벌레를 채집하는 데 열중했습니다. 다른 많은 시인들이 어렸을 때부터 시를 쓰고 재능을 인정받은 데 비해서 예이츠는 글을 깨치는 것도 다른 학생들에 비해 훨씬 뒤떨어졌고 한때는 저능아로까지 여겨지기도 했습니다.

하지만 예이츠는 "나는 내 생각보다 재미없는 것에 집중하는 것이 어려웠기 때문에 가르치기 힘든 아이였다"라고 말하고 있습니다. 자기 생각이 가장 재미있었기 때문에 교과서를 읽거나 다른 사람의 말을 듣는 것이 재미가 없었다는 것입니다. 천재의 조짐이겠지요.

시내로 통학하게 되면서, 그의 아버지는 기차에서 역대 시인들의 이야기를 자주 해주었습니다. 이것이 계기가 되어서 예이츠의 관심은 자연이나 동식물에서 자연스럽게 문학으로 옮아가기 시작했고, 열일곱 살 때는 시를 쓰기 시작합니다.

특히 영국의 낭만주의 시인인 퍼시 비쉬 셸리의 《해방된 프로메테우스 Prometheus Unbound》를 "성스러운 책Secret book"이라고 부르며 탐독했습니다. 고등학교를 졸업한 후 아버지의 뒤를 이을 양으로 더블린 시내의 미술학교를 다녔지만 결국은 포기하고 본격적으로 문학 수업을 쌓기 시작합니다.

1889년 첫 시집 《오이진의 방랑기The Wandering of Oisin and other Poems》를 펴내는데, 이 책은 여러 의미에서 그에게 운명의 책이 됩니다. 이 책을 통해 시인으로서 본격적인 명성을 쌓기 시작했을 뿐 아니라 일생을 바쳐서 필사적으로 사랑한 여인 모드 곤Maud Gonne과 만나게 되기 때문입니다.

모드 곤은 예이츠의 친구이자 아일랜드 독립 운동가인 존 올리어리John O'Leary의 소개로 그를 방문했는데, 그녀가 마차에서 내리는 순간 예이츠는 이미 사랑에 빠졌다고 전해집니다. 그때가 아마 봄이었나 봅니다. 예이츠는 〈화살Arrow〉이라는 시에서 처음 본 모드 곤의 모습을 햇빛에 찬란히 빛나는 사과 꽃의 모습에 비유하고 있습니다.

키 크고 고귀하면서도 사과꽃 빛깔로 물든
섬세한 얼굴과 가슴의 그녀

Tall and noble but with face and bosom
Delicate in color as apple blossom

또 예이츠는 이 시에서 큐피드의 화살을 맞은 달콤한 고통도 묘사하고 있습니다.

사랑할 시간이 그리 많지 않습니다

당신의 아름다움을 생각했어요. 그러자 그 생각은

날카로운 사념의 화살이 되어 내 뼛속 깊이 박혔어요.

I thought of your beauty, and this arrow,

Made out of a wild thought, is in my marrow.

예이츠는 모드 곤을 자주 트로이의 전쟁을 일으킨 미녀 헬렌에 비유했고, 극작가 조지 버나드 쇼George Bernard Shaw도 모드 곤을 두고 "정말 특출하게 아름답다"고 묘사한 바 있습니다.

그녀는 키가 아주 컸고 붉은 기가 도는 금발에 강렬한 인상을 주는, 열정적인 성격의 아일랜드 독립 운동가였습니다. 그녀의 미모와 고국의 독립에 대한 열정은 널리 알려져 여왕처럼 많은 이의 우상이 되었다고 합니다.

하지만 그녀에 대한 예이츠의 사랑은 처음부터 아주 일방적인 짝사랑이었습니다. 그녀는 항상 다른 독립 운동가들과 어울려 다니면서 회의나 시위를 주도했고, 한 남자의 연인으로 남기에는 너무 야심차고 자유분방한 여자였습니다.

1891년 예이츠는 모드 곤에게 청혼하지만 거절당합니다. 그렇지만 그녀에 대한 예이츠의 집착은 숭배에 가까웠습니다. 모드 곤은 새나 토끼 등의 짐승을 자유의 상징으로 데리고 다니기를 좋아했는데, 예이츠는 모드 곤이 여행을 할 때마다 그 동물들을 에스코트하기 위해 기차역을 서성댔다고 합니다. 그리고 그녀가 참석하는 모임에선 예외 없이 키 크고 깡마른 예이츠를 볼 수 있었다고 합니다.

그러나 그녀는 끝까지 구애를 받아 주지 않았고, 예이츠의 사랑은 극심한 고통만 가져올 뿐이었습니다. 후에 그는 자신의 사랑을 비참한 연애 unmiserable love affair로 일컬으며 "차라리 모자 가게 쇼윈도의 마네킹이나 박물관의 동상에게 마음을 주는 것이 나을 뻔했다"고 회상할 정도였지요. 어떤 시에서 예이츠는 자신의 사랑을 회상하며 이렇게 말합니다.

나는 난감한 무엇인가에 사로잡혀 버렸습니다.
내 핏줄을 타고 흐르던 생기는 말라 버렸고
내 가슴에서 용솟음치는 기쁨과 자연스레 솟아나던 만족감도
갈가리 찢겼습니다

The fascination of what's difficult

Has dried the sap out of my veins, and rent

Spontaneous joy and natural content

Out of my heart

사랑할 시간이 그리 많지 않습니다

1903년 겨울, 예이츠는 모드 곤이 군인이자 아일랜드 독립운동가인 맥브라이드와 결혼했다는 소식을 듣게 됩니다. 어찌나 충격이 컸던지 어떤 시에서 그날을 "번개와 함께 당신이 내게서 떠나던 날 / 내 눈은 멀고 내 귀가 안 들리게 된 바로 그날When, the ears being deafened, the sight of the eyes blind / With lightning, you went from me"이라고 표현했습니다.

모드 곤이 다른 남자와의 사이에서 사생아를 낳았을 때도 그녀를 용서했던 그였지만, 자신보다 훨씬 못하다고 생각했던 맥브라이드와 결혼한 것에 대해서는 심한 모욕감을 느낀 것입니다.

그녀의 결혼은 훗날 아주 유명한 정치인이 되는 숀 맥브라이드를 출산한 직후 파경에 이르고, 예이츠의 구애는 이후에도 계속됩니다. 사랑 시에서는 어김없이 모드 곤을 향한 정열이 되살아났습니다.

　내 청춘이 다하도록 내 모든 것을

　앗아간 그녀의 정체는 무엇이란 말인가

　(…) 날이 밝으면

　그녀를 위해 깨어 있으며

　나의 선과 악을 가늠해 본다.

　And what of her that took

All till my youth was gone

(…) When day begins to break

I count my good and bad,

Being wakeful for her sake

아침에 눈 떠서부터 밤에 눈을 감을 때까지 사랑의 포로가 되어 있는 자신을 표현하고 있습니다.

예이츠는 1915년 모드 곤에게 다시 한 번 마지막으로 청혼하지만 거절 당합니다. 그리고 우리 정서로는 조금 의아할 수도 있는데, 그다음 해 엔 엄마 못지않게 아름다운 여인으로 성장한 그녀의 딸 이졸트 곤Iseult Gonne에게 청혼하지요. 물론 거절당합니다.

결국 그는 20년에 가까운 구애를 포기하고, 이듬해인 1917년 자기 나 이의 절반가량인 아름답고 발랄한 영국 처녀 조지 하이드 리스Georgie Hyde-Lees와 결혼하게 됩니다.

그의 사랑은 역설적이지만 '희열의 고통'이라 할 수 있을 것입니다. 혼 신을 다 바친 끈질긴 사랑이 열매를 맺지는 못했지만, 노년에 예이츠는 모드 곤에 대한 사랑을 조금 더 객관적으로 평가하고 있습니다.

〈호머가 노래한 여인A Woman Homer Sung〉에서 자신이 느꼈던 지독한 상 실감과 좌절, 회의 그리고 용서의 감정을 솔직하게 고백합니다. 모드

사랑할 시간이 그리 많지 않습니다

곤이 끝내 자신을 이해하지 못했지만 그 몰이해야말로 자신의 시와 삶에 끊임없는 자극이 되었으며, 만약 그녀가 자신의 사랑을 받아들였다면 가난한 언어 같은 것은 버리고 사는 데만 만족했을지도 모른다고 말입니다.

〈이니스프리로 가련다The Lake Isle of Innisfree〉 같은 예이츠의 초기 시는 낭만적인 서정시로 부드럽고 음악적이지만 사상적인 토대가 튼튼하지 못하다는 비평을 받기도 했습니다. 그에 비해 그의 후기 시는 더욱 성숙하고 심오해지면서 삶과 예술의 합일을 꾀하고 있습니다. 이러한 변화의 이면에는 그가 인간적으로 느낀 사랑의 희열과 고통, 더 나아가서 삶에만 만족하지 않는 예술에 대한 열정이 있었을 것입니다.

그런 면에서 보면, 모드 곤이라는 여자는 한 남자의 청춘을 파괴했지만 그 대가로 한 명의 위대한 시인을 탄생시킨 셈입니다. 1939년 세상을 떠난 예이츠는 일생 영혼의 고향으로 간직했던 아일랜드의 슬라이고에 묻혔습니다. 그리고 묘비에 스스로 선택한 시구를 새겨 넣었습니다.

'삶에 그리고 죽음에 차가운 눈길을 던져라. 마부여, 지나가라!Cast a cold eye / On life, on death. / Horseman, pass by!'

많은 비평가들이 여기에 대한 해석을 내놓고 있지만, 아직까지 예이츠의 확실한 의도는 밝혀지지 않고 있습니다. 자신이 일생을 통해 느낀 고립감, 삶과 죽음 사이의 괴리감을 표현하기 위해 이러한 묘비명을 택한 것이 아닌가 하고 해석하곤 합니다.

이루지 못한 사랑이었고, 처음부터 이루지 못할 것을 이미 알고 있었던 허무한 사랑이었지만 아름다운 시를 남겼다는 것만으로도 우리는 예이츠의 사랑을 감사하게 여겨야 하지 않을까요? 아무리 불러도 화답 없는 짝사랑을 하면서 지독한 아픔을 겪었지만, 그 아픔이 결국 창작의 힘이 되었다면, 그것 역시도 사랑의 힘이라고 볼 수 있지 않을까요?

개인적으로 좋아하는 예이츠의 시가 한 편 있는데요, 그 시의 제목은 'A Drinking Song'입니다. 우리말로는 음주가라고 번역합니다.

음주가

술은 입으로 들어오고
사랑은 눈으로 들어오네
우리가 늙어서 죽기 전에
알게 될 진실은 그것뿐
술잔을 들어 입가에 가져가며
그대 보고 한숨짓네.

A Drinking Song

Wine comes in at the mouth

And love comes in at the eye:

That`s all we shall know for truth

Before we grow old and die,

I lift the glass to my mouth.

I look at you, and I sigh.

영시 중에 한 편을 외워 오라는 숙제를 학생들에게 내주면 가장 많이
외워 오는 시입니다. 짧아서 부담이 없기도 하지만 우리 학생들의 마음
에도 어필하는 시 같습니다. 사랑하는 이를 보며 술 한잔 마시는 것, 그
것이야말로 우리가 죽기 전에 누릴 수 있는 최고의 기쁨이라는 메시지
를 전하고 있습니다.

그대를 보면 사랑이 절로 생기고, 사랑에 눈뜨면 이제껏 보이지 않던
것들이 보인다는 것이지요. 이 아름다운 계절, 두 눈을 크게 뜨고 눈으
로 들어오는 크나큰 사랑을 만끽하며 우리 모두 사랑의 열병을 앓아 보
면 어떨까요?

첫사랑이
나를
다시 부르면

첫사랑

그리운 눈빛으로 뒤돌아보고 내가 오리라는 걸 알아주세요
미풍에 제비가 날아오르듯 당신의 사랑으로 날 일으켜
해가 쬐든 비바람이 불든 우리 멀리 도망가요
'하지만, 내 첫사랑이 날 다시 부르면 어떡하지요?'

용감한 바다가 흰 파도를 떠받치듯 날 꼭 껴안고
산속에 숨은 당신의 집까지 멀리 데려가세요
평화로 지붕을 얹고 사랑으로 문에 빗장을 걸어요
'하지만, 내 첫사랑이 날 또 부르면 어떡하지요?'

사랑할 시간이 그리 많지 않습니다

The Flight

Look back with longing eyes and know that I will follow,

Lift me up in your love as a light wind lifts a swallow,

Let our flight be far in sun or blowing rain-

But what if I heard my first love calling me again?

Hold me on your heart as the brave sea holds the foam,

Take me far away to the hills that hide your home;

Peace shall thatch the roof and love shall latch the door-

But what if I heard my first love calling me once more?

이 시는 드라마 〈겨울연가〉에 인용되어서 우리에게 익숙해진 시 〈첫사
랑〉입니다. 이 시의 원제는 'The Flight(도망)'인데요, 시의 제목으로 좀
멋이 없으니까 일반적으로 '첫사랑'으로 번역해서 소개합니다. '내 첫사
랑이 날 또 부르면 어떡하지요?'라는 시구가, 여자 주인공이 다른 남자
를 만나다가 첫사랑에게로 다시 돌아가는 드라마의 스토리와도 잘 맞
아떨어집니다.

사랑이란 무엇일까요? 사랑이란 함께 따라와 줄 것을 알아주는 믿음입
니다. 주저앉은 마음을 일으켜 주는 격려입니다. 멀리 도망가서 두 사

람만의 집을 짓고 평화와 사랑으로 영원히 살고 싶은 소망입니다. 그렇지만 또 알다가도 모를 게 사랑이지요.

사랑하는 마음속에는 늘 도망가고픈 마음도 복병처럼 숨어 있습니다. 필생에 단 한 번 목숨 걸 수 있는 그런 사랑을 하고 싶은데 이 사랑이 진짜 사랑일까? 좀 더 아름다운 사랑이 나를 어디선가 기다리고 있진 않을까? 지나간 첫사랑이 날 다시 부르면 어떻게 할까? 사랑에 빠져 사랑을 하면서도 다시 또 다른 사랑에 대한 그리움을 표현한 시라고 할 수 있습니다.

이 시를 쓴 새러 티즈데일Sara Teasdale, 1884~1933은 1차 세계대전을 전후한 시기부터 1920년대 말까지 미국에서 가장 인기 있는 시인 가운데 한 사람이었습니다. 여러 명시 선집에 대표작으로 수록되는 것은 물론이고 전국 곳곳에서 그녀의 시 낭송회가 열렸고, 곡조가 붙여져서 노래로 불리기도 했습니다. 새러 티즈데일은 1918년 퓰리처상의 전신인 컬럼비아 포에트리 프라이즈Columbia Poetry Prize를 최초로 수상한 시인이기도 합니다.

티즈데일은 간결하면서도 어린이다운 순진무구함을 잃지 않는 서정시와 여성의 입장에서 사랑의 기쁨과 좌절을 노래한 사랑 시를 쓴 것으로 유명합니다. 1차 세계대전 이전의 낭만적인 감성과 그녀의 시적 감흥은 잘 들어맞았습니다.

새러 티즈데일이 1911년에 발표한 〈소녀A Maiden〉라는 시는 이렇게 시작합니다.

아, 내가 붉은 장미넝쿨에 피어나는
보드라운 장미꽃이라면
그이의 창까지 뻗어 올라
그이의 창틀을 아름답게 만들 텐데.

Oh if I were the velvet rose
Upon the red rose vine,
I'd climb to touch his window
And make his casement fine.

사랑 자체로 사랑하고 있는 것 같은 소녀적인 감성이 순수하고 간결한 이미지에 담겨 있는데요. 한편 어떤 시들은 자유를 향한 치열한 열망과 죽음의 리허설 같은 어두운 면도 담고 있습니다.
새러 티즈데일의 대표 시 중 하나인 〈상관치 않겠어요 I Shall Not Care〉에서는 실연당한 여인이 느끼는 원망과 죽음에 대한 예감을 묘사하고 있습니다.

내가 죽어 내 위로 눈부신 4월이

비에 젖은 머릿단을 풀어 헤칠 때

당신이 쓰라린 가슴을 안고 내게 기대어 온다 해도

나는 상관치 않겠어요

내 마음은 평화로울 거예요

쏟아지는 비에 가지가 쓰러져도 평화로운 나무처럼

그리고 지금의 당신보다

더 말없고 차가울 거예요

When I am dead and over me bright April

Shakes out her rain-drenched hair,

Tho' you should lean above me broken-hearted,

I shall not care.

I shall have peace, as leafy trees are peaceful

When rain bends down the bough,

And I shall be more silent and cold-hearted

Than you are now.

이렇게 순수한 사랑의 감정을 노래하던 티즈데일은 점점 철학적인 깊이를 더하고 자기 성찰적인 면모를 갖추며 성숙해 갑니다. 이것은 19세기 말과 20세기 초, 과도기적 세기를 살았던 한 여인의 삶의 면모를 보여 주는 것이기도 합니다.

새러 티즈데일은 1884년 세인트루이스의 부유한 견과물 도매상의 막내딸로 태어났습니다. 그녀의 집은 숨 막힐 정도로 엄격한 도덕관과 체면을 내세우는 전통적인 상류층 가정이었습니다.

부모는 막둥이인 그녀를 과잉보호해서 아홉 살까지는 학교에도 보내지 않았다고 합니다. 훗날 그녀의 친구들은 '높은 탑 속의 공주처럼 고립되어 있었다isolated like a princess in a tower'라고 회상하기까지 했지요. 티즈데일의 내향적이고 속으로만 파고드는 성향도 이러한 집안 환경에서 비롯되었는지도 모릅니다.

게다가 어렸을 때부터 나약한 환자 취급을 당했던 그녀는 일생 동안 자신의 건강에 대한 우울증으로 고통받았습니다. 걸핏하면 시골의 별장이나 요양소를 찾았고 이상한 환상, 예를 들면 피부의 외피층이 없이 태어났다는 환상에 사로잡혀 고통스러워하기도 했습니다.

상류 계층으로서 강요받는 복종과 자기절제는 운명적으로 그녀가 타고난 반항적인 본능과 상충되었습니다. 그녀는 창작의 열의와 용기를 잃지 않았으며 삶에 대한 남다른 통찰력과 번뜩이는 기지로 자유를 억압하는 인습과 싸웠습니다.

내성적이면서도 공격적이고 소심하면서도 용기 있고 복종적이면서도 반항적인 그녀의 이중성은 일생 동안 극심한 고통과 갈등을 불러일으켰습니다. 놀라운 것은 그러한 고뇌와 절망, 자유를 향한 열망의 그림자가 그녀의 시 속에는 잔잔하면서도 아름다운 조화로 승화되어 나타난다는 것입니다.

티즈데일은 스스로 자기 예술의 원천을 '영혼의 고통'이라고 말한 바 있습니다.

"내 이론은 정서적인 고통이야말로 시가 쓰이는 토대가 된다는 것입니다. 그러한 고통은 더러는 잊힌 생각과 감정이 잠재적으로 결합할 때 솟아 나옵니다. 그때 그들은 마치 천둥 속의 전류처럼 시를 창출합니다. 시는 시인을 감정적인 부담에서 해방시키기 위해 쓰이는 것입니다."

이러한 그녀의 생각은 〈연금술〉이라는 시 속에 압축적으로 표현되어 있습니다.

연금술

봄이 샛노란 데이지를 빗속에 피워 올리듯,
나도 내 마음의 잔을 들어 올립니다.
비록 고통만 담겨 있겠지만,
그래도 내 마음은 사랑스러운 잔이 될 것입니다.

사랑할 시간이 그리 많지 않습니다

꽃과 잎으로부터 배우렵니다.
이슬방울 하나하나를 물들이는 법을,
향기 잃은 슬픔의 포도주 색을
살아 있는 황금색으로 바꾸는 것을.

Alchemy

I lift my heart as spring lifts up
A yellow daisy to the rain;
My heart will be a lovely cup
Altho' it holds but pain.

For I shall learn from flower and leaf
That color every drop they hold,
To change the lifeless wine of grief
To living gold.

자신의 고통을 황금색으로 바꾸는 법을 꽃으로부터 배운다는 시입니다. 티즈데일의 사랑 역시 그리 행복하지 않았습니다. 그녀는 한때 존 월 러브라는 시인을 사랑하지만 짝사랑에 그칩니다. 고향이 주는 속박과 노부모로부터 자유를 찾기 위한 방편으로 결혼을 하는데, 부유한 사업가 에른스트 필싱어Ernst Filsinger와 가난하고 괴팍한 시인 베이첼 린드세이Vachel Lindsay 사이에서 고민하다가 물질적, 심리적 안정을 갖추고 있는 필싱어를 선택하게 되지요.

이제 그녀는 표면적으로 자신이 갈망하는 모든 것을 얻은 셈입니다. 시인으로서 명성이 전국에 알려졌을 뿐 아니라 1년 수입이 당시 다른 시인이 일생 동안 벌어들이는 액수보다 더 많았습니다. 그리고 필싱어는 아주 헌신적인 남편이었습니다. 하지만 그녀의 시는 실현 가능한 사랑에 대한 동경보다는 포기한 것에 대한 아쉬움과 갈망으로 채워지고, 1929년 결국 그녀는 이혼합니다.

나는 당신의 것이 아닙니다. 당신 때문에 나를 잃지 않습니다.
(…)나는 나입니다.

I am not yours, Not lost in you.
(…)Yet I am I.

티즈데일이 결혼식을 올리기 불과 2주 전에 남긴 이 글을 보면 어쩌면 이별이 예견된 결혼이었는지도 모르겠습니다. 그런데 이혼 후 그녀에게 또 한 번 불행이 찾아옵니다. 옛 애인이 자살했다는 소식을 들은 것이지요.

옛 애인의 자살은 그녀에게 극심한 충격을 주었고, 가슴속에 오래도록 자리 잡고 있던 열망이 다시 살아나게 됩니다. 1933년 1월 29일 이른 아침 그녀는 수면제를 한 움큼 입에 털어 넣은 채 욕조의 따뜻한 물속에 몸을 담그고 영원히 잠들었습니다.

사랑받고 싶어 하는 소녀의 감정에서 시작한 티즈데일의 시는 그녀에게 있어 삶의 유일한 도피처였고, 옥죄어 오는 외부의 억압으로부터 '최후의 본질인 나$^{last\ essential\ me}$'를 사수하려 했지만 끝내 이루지 못한, 한 희생자가 남긴 기록이었습니다.

기도

나 죽어 갈 때 말해 주소서.
채찍처럼 살 속을 파고들어도
나 휘날리는 눈 사랑했다고.
모든 아름다운 걸 사랑했노라고.
그 아픔을 기쁘고 착한
미소로 받아들이려 애썼다고.
심장이 찢어진다 해도

내 영혼 닿는 데까지 깊숙이
혼신을 다 바쳐 사랑했노라고.
삶을 삶 자체로 사랑하며
모든 것에 곡조 붙여
아이들처럼 노래했노라고.

A Prayer

When I am dying, let me know

That I loved the blowing snow

Although it stung like whips;

That I loved all lovely things

And I tried to take their stings

With gay unembittered lips;

That I loved with all my strength,

To my soul's full depth and length,

Careless if my heart must break,

That I sang as children sing

Fitting tunes to everything,

Loving life for its own sake.

그녀는 기도합니다. 지상에서의 삶을 마감하고 죽을 때 혼신을 다 바쳐 사랑하고 떠난다고 말할 수 있게 해달라고. 이 세상에서의 삶을 삶 그 자체로 사랑하며 기쁘게 살다 간다고 깨닫게 해달라고.

사랑의
철학

부드러운 음성이 사라져도 음악은

부드러운 음성이 사라져도, 음악은
추억 속에 메아리치고—
달콤한 오랑캐꽃이 져도, 그 향기는
향기가 불러일으킨 감각 속에 생생하게 남습니다.
장미꽃이 져도, 그 꽃잎은
사랑하는 이의 잠자리를 뒤덮습니다.
그러므로 당신이 떠나도, 당신 생각은
내 마음에 사랑으로 남을 것입니다.

사랑할 시간이 그리 많지 않습니다

1 Music, when soft voices Die,

Vibrates in the memory-

Odors, when sweet violets sicken,

Live within the sense they quicken.

5 Rose leaves, when the rose is dead,

Are heaped for the belovèd's bed;

And so thy thoughts, when thou art gone,

Love itself shall slumber on.

감각적 경험이 사라져도 그 여운이 남듯, 사랑하는 이가 떠난다 할지라도 그 추억은 영원히 남을 것이라는 사랑의 영원성을 잔잔하면서도 호소력 있는 목소리로 노래한 시입니다.

19세기 영국 낭만주의의 대부 격인 워즈워스William Wordsworth가 "우리 최고 시인 가운데 하나one of the best artists of us all"라고 평한 퍼시 비쉬 셸리Percy Bysshe Shelley, 1792~1822는 그의 열광적 이상주의, 탁월한 지성, 천재적 서정으로 낭만주의 사조에 새로운 의미를 불어넣은 시인이었습니다.

우리에게는 흔히 〈서풍부西風賦, An Ode to the West Wind〉의 마지막 구절

'겨울이 오면, 봄은 멀지 않으리If Winter comes, can Spring be far behind'로 잘 알려진 그의 삶은 이 시구가 보여 주는 것처럼, 희망적이거나 낙천적인 것만은 아니었습니다. 오히려 고뇌와 투쟁의 연속이었지요.

생전에 그는 바이런Byron의 명성에 가려 빛을 보지 못했으며, 그의 이름 은 시적 재능보다는 도덕적 타락, 반항적 기질과 자주 연루되었습니다. 그러나 사회적 인습 속에 안주하는 세인世人이 그의 생동감 넘치는 창의 력과 자유에 대한 열망, 압제에 대한 저항을 이해하지 못한 것은 당연 한 일이었는지 모릅니다.

끝까지 그를 이해해 주는 친구였던 바이런은 "그는 내가 아는 사람 가 운데 가장 훌륭하고 가장 이타적인 사람without exception the best and least selfish man I ever knew"이라고 평했지요.

셸리는 1792년 8월 4일 영국 서섹스Sussex에서 부유한 지주의 아들로 태어났습니다. 그의 아버지는 두 번씩이나 돈 때문에 결혼한 기회주의 자요 세속적 인물로, 셸리는 일생 동안 아버지를 혐오했습니다. 그의 아버지 또한 대지주의 생활에서 벗어나 자유 방종한 생활을 하는 아들 을 이해하지 못했지요. 그래서 부자간에 극심한 갈등이 있었습니다.

그는 이튼 칼리지에 들어갔지만 학교의 전통적인 학습 방법과 규율에 적응하지 못했고, 선생님들 사이에서 "가르치기 불가능하다unteachable" 는 낙인이 찍힙니다. 그는 수업에 들어가기보다는 혼자 시골길을 산책 했고, 자신의 생각이나 시구를 종이에 적어 강물에 떠내려 보내거나 화

사랑할 시간이 그리 많지 않습니다

학품 상자를 가지고 혼자 여러 가지 실험을 하며 소일을 했습니다.

그러나 이튼에서 셸리는 자신의 정신적 삶에 지대한 영향을 미친 책 한 권을 발견합니다. 소설가이자 급진적 경제 윤리가 윌리엄 고드윈William Godwin의 《정치정의Political Justice》입니다. 이 책에서 고드윈이 피력한 자유사상과 영국 법계의 불의에 대한 신랄한 비판이 그의 평생 과업이 된 것입니다.

이후 옥스퍼드 대학에 진학했지만 여전히 학문에는 관심이 없었고, 고드윈의 자유사상과 프랑스 철학의 영향을 받은 창작 팸플릿 〈무신론의 필요성The Necessity of Atheism〉을 배포하다 퇴학 처분을 받습니다.

런던에 정착한 그는 친구의 동생 해리엇 웨스트브룩Harriet Westbrook을 만나게 되는데 그녀는 첫눈에 이 잘생기고 박식한 청년에게 끌려 제자가 되기를 간청합니다. 셸리는 사랑이라기보다는 사명감에서 그녀를 받아들였고, 둘은 1811년 8월 결혼하게 되지요. 당시 해리엇은 16세, 셸리는 19세였습니다.

이들은 셸리가 신봉하는 자유사상을 알리기 위해 독재하에 있는 아일랜드로 건너갑니다. 자신들이 묵는 호텔 발코니에서 자비로 인쇄한 〈아일랜드 국민에게 드리는 글An Address to the Irish People〉, 〈정의선언Declaration of Rights〉 등을 뿌렸고, 풍선에 매달아 도시 위로 띄우기도 했습니다. 그러나 아일랜드 국민들의 무관심으로 곧 그곳을 떠나야 했지요.

일방적인 사춘기적 연애 감정에 근거한 결혼 생활은 불행했고, 해리엇은 남편의 혁명적 열정에 곧 싫증을 느낍니다. 그사이 셸리는 자신의 정신적 스승인 고드윈을 직접 만나게 되고, 그의 딸 메리 고드윈^{Mary} Godwin과 사귀기 시작합니다.

후에 소설 《프랑켄슈타인^{Frankenstein}》(1818)의 작가가 되는 메리는 지적이고 재능 있는 여자로서 셸리의 혁명가적 기질에 동조합니다. 셸리는 그런 그녀에게 사랑과 동시에 동지애를 느끼고, 해리엇에게 이혼을 요구합니다. 그녀가 그럴 수 없다고 하자, 그는 좌절감에 다량의 아편제를 삼킵니다. 다행히 다시 살아난 그는, 1814년 메리와 사랑의 도피를 감행합니다.

2년 후 해리엇이 자살하자 그에게는 도덕적 타락, 탕아, 살인자라는 불명예가 꼬리표처럼 따라다니게 되고, 스스로도 극도의 죄의식에서 벗어나지 못해 나날이 건강이 악화됩니다. 후에 해리엇이 다른 남자와 불륜 관계로 임신을 하게 되어 자살한 것이라는 사실이 밝혀지지만, 땅에 떨어진 그의 명예는 회복되지 못했습니다.

1818년부터 세상을 떠난 1822년까지 이탈리아에 머무는 동안, 셸리는 그곳의 아름다운 경치와 좋은 기후 덕택에 왕성한 작품 활동을 펼칠 수 있었습니다.

셸리의 최대 걸작으로 남아 있는 《해방된 프로메테우스^{Prometheus} Unbound》(1820)는 인간에게 불을 갖다 준 죄로 주피터의 미움을 사 낭떠러지에 매달려 독수리에게 심장을 파 먹히는 벌을 받아야 했던 프로

메테우스가 모든 증오와 복수심을 버리고 용서하는 마음을 가질 때 진
정한 새 시대가 도래한다는 주제를 담고 있습니다.

여기서 프로메테우스는 인간성을 상징하는데, 그가 일생의 가치로 삼
았던 온화함Gentleness, 덕Virtue, 지혜Wisdom, 인내Endurance, 그 무엇보다
도 사랑Love의 힘 등을 통한 인간의 완성 가능성을 다시 한 번 강조한
시입니다.

사랑하는 것, 그리고 견뎌 내는 것.

이것만이 인생이고, 기쁨이며, 왕국이고, 승리이다.

To love, and to bear:

This is alone Life, Joy, Empire, and Victory

1822년 7월 8일 셸리는 친구와 함께 레그혼Leghorn으로 여행을 떠납니
다. 그러나 폭풍을 만나 배가 침몰하고 열흘이 지난 후에야 망자가 되
어 해변에 떠올랐습니다.

시신은 친구 바이런과 리 헌트Leigh Hunt가 지켜보는 가운데 해변에서
화장되었는데, 그의 열정은 재로 소멸되기를 거부하기라도 하듯 심장
이 끝까지 타지 않았습니다. 현재 그 재와 심장은 로마의 신교도묘지에

묻혀 있습니다.

셸리의 시는 불의와 압제에 대한 증오와 반항, 자유와 정의에 대한 열정으로 가득 차 있습니다. 그는 절대 사랑과 절대 진·선·미가 존재하는 세계를 시를 통해 성취할 수 있다고 믿었지요.

시는 세상에서 최상이고 가장 아름다운 모든 것들을 영원하게 만든다. 인간 속에 있는 신성함을 퇴락 속에서 구하고 (…) 모든 것을 아름다운 것으로 환원시킨다.

Poetry makes immortal all that is best and most beautiful in the world; it redeems from decay the visitations of the divinity in man (…) turns all things to loveliness.

그러나 셸리의 위대함은 사상적, 혁명적 위업보다는 시의 예술성, 정교한 자연 묘사와 뛰어난 음악성에 있습니다. 30세의 짧은 생을 살면서 그만큼 위대한 시들을 남긴 시인도 없을 것입니다.

그가 남긴 아름다운 단시 중에 〈사랑의 철학Love's Philosophy〉이 많이 알려져 있습니다.

사랑의 철학

샘물은 강물과 하나 되고
강물은 다시 바다와 섞인다(…)
이 세상에 혼자인 것은 없다.
만물이 원래 신성하고
하나의 영혼 속에서 섞이는데
내가 왜 당신과 하나 되지 못할까.

보라 산이 높은 하늘과 입 맞추고
파도가 서로 껴안는 것을(…)
햇빛은 대지를 끌어안고
달빛은 바다에 입 맞춘다.
허나 이 모든 달콤함이 무슨 소용인가
그대가 내게 키스하지 않는다면.

Love's Philosophy

The fountains mingle with the river
And the rivers with the ocean,(…)
Nothing in the world is single;

All things by a law divine

In one spirit meet and mingle.

Why not I with thine?-

See the mountains kiss high heaven

And the waves clasp one another; (…)

And the sunlight clasps the earth

And the moonbeams kiss the sea:

What is all this sweet work worth

If thou kiss not me?

사랑의 근본 원리에 대해서 말하고 있는 시입니다. 이 시에서 시인은 사랑이란 무조건 하나 됨이라고 말합니다. 샘물은 강물과 하나가 되고, 다시 강물은 바다와 하나가 된다고 말합니다. 해와 산이 만나고, 달과 바다가 만나고…… 이 세상에 어차피 궁극적으로 혼자인 것은 없고 혼자일 수도 없습니다. 어떤 의미에서는 이것이 사랑의 철학이고 조건입니다.

현실 속 셸리의 사랑은 불행했습니다. 사랑보다 의무감에 한 결혼은 불행했고, 사랑의 도피를 했지만 정말로 사랑하는 사람을 앞에 두고도 하나가 되지 못하는 괴로움을 겪었습니다. 동시에 타인에게 도덕적으로 타락자, 탕아라는 비난을 받아야 했습니다. 이러한 아픔들을 그는 시로 승화했고, 어떤 의미에서는 그래서 더욱 강렬하고 아름다운 시를 쓸 수 있었는지도 모릅니다.

〈사랑의 철학〉에서 보듯 그가 생각하는 궁극적인 사랑의 조건은 마음과 몸이 함께 만나고 서로에게 자신을 온전히 바치는 것입니다. 하지만 〈부드러운 음성이 사라져도 음악은〉에서 노래한 것처럼 육체적으로 결별하더라도 그 추억 속에서 사랑은 영원히 남는 것이기에 사랑은 영원합니다.

스캔들과
사랑
사이

그 누구에게

딱 한 번, 감히 눈을 들어
내 눈을 들어 당신을 바라보았어요.
그날 이후, 내 눈은 이 하늘 아래
그 어떤 것도 보지 못하게 되었지요.

밤이 되면 잠이 찾아와 눈을 감기지만, 부질없어라
내게는 밤도 한낮이 되어
꿈이 아니라면 있을 수 없는 일을
펼쳐 보이죠. 짓궂게도 말이죠.

그 꿈은 비운의 꿈--수많은 창살이

당신과 나의 운명을 갈라놓지요.

내 열정은 격렬하게 싸우지만

당신은 여전히 평화로우니.

To ─────────

But once I dared to lift my eyes,

To lift my eyes to thee;

And, since that day, beneath the skies,

No other sight they see.

In vain sleep shut in the night

The night grows day to me

Presenting idly to my sight

What still a dream must be.

A fatal dream--for many a bar

Divided the fate from mine;

And still my passions wake and war,

But peace be still with thine.

이루지 못할 사랑에 대한 비가悲歌입니다. 감히 이름조차 입에 올릴 수 없는 연인을 생각하며 뜬눈으로 밤을 새우고 그녀의 아름다운 모습에 눈이 멀어 버린 시인의 절박한 상황을 그리고 있습니다.

마치 전쟁터같이 격렬한 싸움이 일어나고 있는 시인의 마음을 아는지 모르는지, 그녀는 평화롭기만 해 보이니 시인의 좌절이 사랑하는 이에 대한 원망으로 이어지는 것도 당연하지요.

프랑스 비평가 이폴리트 테느Hippolyte Taine는 1850년대 집필한 그의 영문학사에서 영국 낭만주의 시인들 중 조지 고든 바이런 경George Gordon, Lord Byron, 1788~1824이야말로 "가장 위대하고 영국적이다the greatest and most English"라고 평하면서 다른 시인에 비해 훨씬 많은 페이지를 그에게 할애한 바 있습니다.

당시 셸리나 키이츠Keats가 전혀 대중적인 인정을 받지 못했던 데 반해, 바이런은 전 세계적으로 낭만주의적 삶의 표상이라고 인정받으며, 동시대의 여러 문학가와 음악가들에게까지 영향을 미쳤습니다.

그러나 20세기에 들어서면서 그의 명성은 점차 퇴색하여 현재에 이르러서는 다른 낭만주의 시인들에 비해 오히려 경시되고 있습니다. 지금의 낭만주의 개념에 잘 들어맞지 않을 뿐 아니라 시가 너무 웅변조로 흐른다는 것 등이 이유일 것입니다.

그의 몇몇 장시와 주옥같은 연시들에 공통적으로 등장하고 있는 '바이런적 영웅Byronic Hero'은 성격이 우울하고 열정적이면서도 '세상에 대한

사랑할 시간이 그리 많지 않습니다

고뇌Weltschmerz'에 싸여 있어, 오히려 그 반동으로 반항적이고 방종한 삶을 영위하는 소년입니다. 이는 당시 젊은 세대의 공감을 사서 19세기 영국의 지적 문화적 분위기 형성에 큰 영향을 미쳤습니다.

당시 사람들은 그의 시에 등장하는 '바이런적 영웅'과 바이런을 전적으로 동일시했고, 지금까지도 그 허구적인 인물에 얼마나 자신을 투사했는지 단정 짓기는 어렵습니다. 피상적으로는 퍽 닮아 보이지만, 바이런의 편지나 그의 친지들이 전하는 바로는 기질상의 차이가 큰 것으로 보입니다.

자신이 상상 속에서 창조한 인물과 같이 자주 비탄과 방종한 생활에 빠지곤 했지만, 사실상 그는 수줍음을 많이 타고 친구를 좋아하는 생기 넘치는 재담가였습니다. 어쩌면 '바이런적 영웅'은 자신의 내적 불안과 공포를 숨기기 위한 가면에 불과했는지도 모릅니다.

바이런은 눈에 띄게 수려한 용모를 갖고 있었으나 태어날 때부터 절름발이였습니다. 어렸을 때부터 정의감이 강하고 격정적이었던 그가 이 시절부터 자신의 운명과 세상에 보복하리라 결심하고 있었는지는 모를 일입니다. 신체적 장애는 오히려 그를 운동에 집착하게 만들었고, 케임브리지 대학 시절에는 복싱, 크리켓, 수영 종목의 탁월한 선수였다고 합니다. 그는 무절제하고 낭비벽이 심한 생활을 했지만, 열렬한 독서가이기도 했습니다.

1807년 처녀시집 《한가한 시간Hours of Idleness》을 발표했으나 권위 있는 문예지 〈에든버러 리뷰Edinburgh Review〉는 다시는 시를 쓰지 말라는 권유조의 악평을 했습니다. 이에 화가 난 바이런은 유명한 풍자시 〈영국 시인과 스코틀랜드 비평가들English Bards and Scottish Reviews〉을 써서 반박했습니다. 그의 붓끝이 어찌나 혹독하고 날카로웠던지 이후 비평가들은 그의 시를 매우 조심해서 평했다고 전해집니다.

이후 바이런은 방직 근로자들의 권익과 가톨릭교도들의 종교 자유를 주장하는 급진적인 국회 연설로 물의를 빚은 데 이어 연이은 연애 사건으로 결국 1809년 친구 한 명과 함께 여행을 떠나게 됩니다. 지중해 연안, 터키, 그리스, 스페인 등을 둘러보고 돌아오는데, 그 여행담을 시로 써서 1812년 《차일드 헤럴드의 순례Child Harold's Pilgrimage》를 출간합니다.

이 시집은 대단한 호응을 얻었고, 시인의 말을 빌면 "어느 날 일어나 보니 유명해져 있었다awoke one morning and found myself famous"고 합니다. 이번에는 〈에든버러 리뷰〉도 호평을 합니다.

그는 곧 런던 사교계의 거물이 되었고, 그의 명성, 용모, 신랄한 풍자, 심지어는 신체적 불구마저도 뭇 여성들을 사로잡는 매력이 됩니다. 바이런 자신이 일생 동안 관계한 여인들은 200여 명이 넘는다고 얘기했지만, 여자들의 일방적인 접근이 많았습니다. 그의 여성 편력은 어머니에게서 찾지 못한 이상적 여성상을 부단히 모색한 것과도 연관 지을 수 있겠습니다.

어쨌든 연이은 스캔들은 오히려 창작의 근원이 되어, 그의 말대로라면 '옷을 입고 벗는 사이between dressing and undressing'에 계속 시를 써서 수많은 단시를 남깁니다. 그가 어린 시절의 애인 메리 초워드Mary Choward를 추억하며 쓴 〈우리 이별했을 때When We Two Parted〉는 이루지 못한 사랑에 대한 회한을 그리고 있습니다.

내 먼 훗날 그대를
다시 만난다면
어떻게 인사할까?
침묵과 눈물로—

If I should meet thee
After long years.
How should I greet thee?
With silence and tears—

〈우리 이제 배회를 그만두자So We'll Go No More A-Roving〉는 지표 없는 자신의 삶에 대한 회의를 그린 그의 걸작 시 중 하나입니다.

자, 이제 더 이상은 밤늦도록

배회하지 말자.

가슴은 여전히 사랑에 불타고

달빛 또한 여전히 빛날지라도

So we'll go no more a-roving

So late into the night

Though the heart be still as loving

And the moon be still so bright.

바이런은 1816년 4월 영국을 떠나 스위스로 갑니다. 동료 시인 가운데 유일하게 자신의 재능을 인정해 주던 셸리와 가까이 살면서 《차일드 헤럴드의 순례》 3, 4부, 〈실론의 감옥수Prisoner of Chillon〉, 시극 〈맨프레드 Manfred〉 등 많은 걸작을 씁니다.

당시 셸리의 부인 메리가 저녁 시간을 무료하지 않게 하기 위해 쓴 것이, 유명한 《프랑켄슈타인》입니다. 바이런은 1819년에는 그의 최대 걸작 〈돈 후안Don Juan〉을 쓰기 시작합니다.

삶에 대한 인간적인 환멸과 회의, 자신의 무질서한 삶에 대한 싫증 때문이었을까요? 그는 자유 애호가답게 당시 터키의 지배하에 있던 그리스 독립운동에서 새로운 삶의 목표를 찾습니다.

1823년 7월 그는 모든 재산을 팔아 무기와 용병을 사서 그리스로 출발합니다. 그러나 용병훈련 과정에서 얻은 과로와 열병으로 이듬해 4월 19일 천둥이 치고 비가 억수같이 쏟아지는 날, "자 이제는 잠들어야지 Now I shall go to sleep"라는 마지막 말을 남기고 연극과도 같은 삶을 마감했습니다.

〈돈 후안〉에서 가장 유명한 행 중 하나인 '신이 사랑하는 사람은 요절한다Whom the God love die young'를 증명이라도 하듯, 당시 그의 나이는 서른여섯에 불과했습니다.

바이런이 살았던 18세기 말에서 19세기 초는 산업 혁명과 미국 독립 전쟁(1776), 프랑스 혁명(1784) 등이 보여 주듯, 서구 사회가 인습과 속박을 깨고 새로운 세계로 태어나려 몸부림치는 변혁기였습니다. 그런 시대적 배경 속에서 열정적으로 자유와 진실을 추구했던 그의 삶은 시와 함께 영원히 기억될 것입니다.

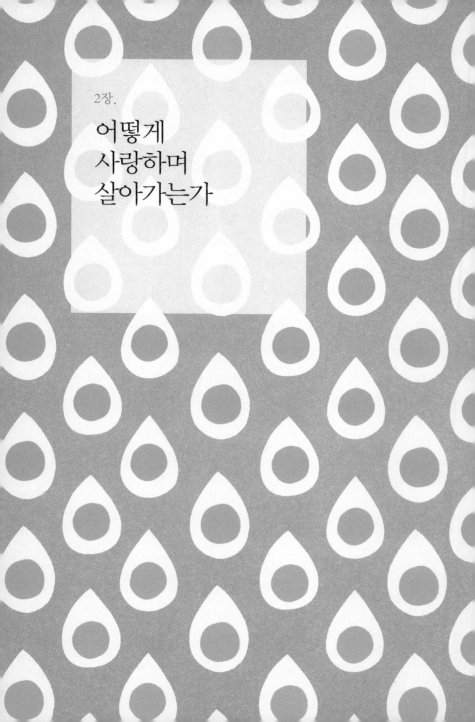

2장.

어떻게
사랑하며
살아가는가

내 생애
최고의
연애 소설

'내 생애 최고의 연애 소설'에 대해 써달라는 원고 청탁을 받았습니다. 어떻게 보면 아주 큰 의미에서 모든 문학 작품은 다 연애 소설이라고 할 수 있겠지요. 문학의 궁극적인 주제는 '우리가 어떻게 사랑하며 살아가는가'이니까요. 삶을 사랑하고, 신을 사랑하고, 인간을 사랑하고, 그리고 나 자신을 사랑하고…… 등등 사랑 이야기입니다. 그런데 이 사랑은 순탄치 않게 마련이고 그 안에서 겪는 갈등 이야기가 바로 문학의 기본적인 소재입니다.

하지만 '내 생애 최고의 연애 소설'에 대해 쓰라는 청탁은 아마 좁은 의미에서의 사랑, 남녀 간의 사랑에 관해 말하는 거겠지요. 금방 머리에 떠오르는 이야기가 에밀리 브론테Emily Brontë, 1818~1848의 《폭풍의 언덕

Wuthering Heights》(1847)입니다. 시공을 넘나들고 삶과 죽음을 초월하는 사랑, 말 그대로 소름 끼칠 정도로 집요한 사랑 이야기입니다.

책의 제목 '폭풍의 언덕'은 이 소설의 배경이 되는 집을 가리키는 말입니다. 황량하고 음산하기 짝이 없는 언덕 위에 있는 '폭풍의 언덕'이라는 집에 이웃에 이사 온 남자가 인사차 방문했다가 폭풍우 때문에 하룻밤을 머물게 됩니다. 그런데 그날 밤 "캐서린 린튼Catherine Linton인데 좀 들어가게 해달라"며 가녀린 여자의 울음소리와 함께 창밖에서 하얀 유령의 손가락이 들어오면서 혼비백산하게 되지요. 다음 날 그는 히스클리프Heathcliff의 하녀에게서 사연을 듣게 됩니다.

20여 년 전 당시 '폭풍의 언덕' 주인 언셔는 아들 힌들리와 딸 캐서린 남매를 두었으나, 고아 소년 한 명을 데려와 히스클리프라는 이름을 지어주고 함께 키웁니다. 히스클리프과 캐서린은 서로 사랑하게 되지만, 힌들리는 아버지의 사랑을 독차지하는 히스클리프를 질투합니다.

세월이 흘러 언셔가 죽자 힌들리는 히스클리프를 심하게 학대하고 하인으로 부립니다. 히스클리프는 캐서린이 좋은 집안인 이웃집의 린튼을 사랑하는 것으로 오해해 집을 나갑니다. 3년 후에 부자가 되어 돌아온 히스클리프는 죽어 가는 캐서린을 만나고, 이후 모든 사람을 파멸로 몰고 가며 악마적인 복수를 합니다.

인간의 열정과 애증을 극한까지 추구한 이 소설에서 가장 인상 깊은 장면은 캐서린이 하녀에게 히스클리프에 대한 자신의 사랑을 토로하는

사랑할 시간이 그리 많지 않습니다

장면입니다.

그는 나보다 더 나아. 내가 이 세상에서 겪은 지독한 고통은 모두 히스클리프의 고통이었어. 모든 것이 죽어 없어져도 그가 남아 있다면 나는 계속 존재하는 거야. 하지만 다른 모든 것은 남아 있되, 그가 없어진다면 우주는 아주 낯선 곳이 되고 말겠지. 린튼에 대한 나의 사랑은 숲 속의 잎사귀와 같아. 겨울이 되면 나무들의 모습이 달라지듯이 시간이 흐르면 달라지리라는 걸 나는 잘 알고 있어. 그러나 히스클리프에 대한 내 사랑은 그 아래 있는 영원한 바위와 같아. 넬리, 내가 바로 히스클리프야! 그는 언제나, 언제까지나 내 마음속에 있어. 바로 나 자신으로 내 마음속에 있는 거야.

"내가 바로 히스클리프야! I am Heathcliff!" 이런 사랑이라면 더 무슨 말을 할 수 있겠습니까. 이런 고백은 20여 년이 지난 후 히스클리프의 말에서 헛된 믿음이 아니었음이 밝혀집니다.

이 세상에 그녀와 연관되지 않은 것이 뭐가 있길래? 그녀 생각을 불러일으키지 않는 것은 하나도 없단 말이야! 바로 지금 땅바닥을 내려다보기만 해도 깔려 있는 돌마다 그녀 모습이 떠올라! 흘러가는 구름송이마다, 나무 한 그루마다, 밤에는 들이쉬는 숨결마다, 낮에는 눈에 띄는 모든 것 하나하나마다, 온통 그녀의 모습에 둘러싸여 있는 거야. 흔해 빠진 남자와 여자의 얼굴들에서—심지어 나 자신의 모습에서까지—그녀를 닮은 점이 튀어나와 나를 조롱하거든. 온 세상이 그녀가 존재했고 내가 그녀를 잃었다는 끔찍한 기억을 모아 놓은 진열장이란 말이야!

우리는 흔히 이 소설에 대해 이야기할 때 히스클리프의 복수에 초점을 둡니다. 하지만 결국 히스클리프는 자신의 복수에 허망함을 느낍니다. 20여 년간 애타게 그리워한 캐서린의 유령을 드디어 볼 수 있게 되었기 때문입니다.

그 유령과의 만남에 몰두한 나머지 그는 나흘간 입에 물 한 방울 넣지 않고 식음을 전폐하다가 죽음을 맞이하게 됩니다. 그래서 독자들은 궁극적으로 히스클리프의 복수가 아니라 그 지독한 사랑을 기억합니다.

《폭풍의 언덕》을 쓴 에밀리 브론테는 요크셔 주의 손턴에서 영국 국교회 목사의 딸로 태어났으며, 《제인 에어Jane Eyre》(1847)의 작가로 유명한 샬롯 브론테Charlotte Brontë의 동생이자 앤 브론테의 언니입니다.

1820년 아버지가 요크셔의 하워스로 전근하게 되어 에밀리와 자매들은 황량한 벽지의 목사관에서 자랐습니다.

1821년 어머니가 죽자 이 자매들은 백모의 손에 양육되다가 1824년 목사의 딸들을 싼 비용으로 맡는 근처 기숙학교에 맡겨집니다. 형편없는 식사 때문에 영양실조와 결핵으로 두 언니가 사망하자, 그제야 놀란 부친은 에밀리와 샬롯을 집에 데려옵니다. 이 악덕 기숙학교는 후에 샬롯 브론테가 소설 《제인 에어》에서 분노에 찬 필치로 묘사한 바 있습니다.

1846년 에밀리는 언니 샬롯, 동생 앤과 함께 1846년 시집을 자비 출판했으나 두 권밖에 팔리지 않았다고 합니다. 하지만 그녀는 두 자매와 달리 문학사에서 시인으로서도 그 위치를 인정받고 있습니다.

에밀리 브론테의 대표작 중 하나인 〈부귀영화를 가볍게 여기네 Riches I Hold in Light Esteem〉라는 시는 다음과 같습니다.

부귀영화를 가볍게 여기네

부귀영화를 난 가볍게 여기네.
사랑도 웃어넘기네.
명예욕도 아침이 오면
사라지는 한때의 꿈일 뿐.

내가 기도한다면, 내 입술 움직이는

단 한 가지 기도는

"제 마음 지금 그대로 두시고

제게 자유를 주소서!"

그렇다, 화살 같은 삶이 종말로 치달을 때

내가 바라는 것일 단 한 가지.

삶에도 죽음에도 인내할 용기 있는

자유로운 영혼이 되기를.

Riches I Hold in Light Esteem

Riches I hold in light esteem,

And Love I laugh to scorn;

And lust of fame was but a dream

That vanished with the morn:

And if I pray, the only prayer

That moves my lips for me

Is, "Leave the heart that now I bear,

And give me liberty!"

Yes, as my swift days near their goal,

'Tis all that I implore:

In life and death a chainless soul,

With courage to endure.

이 시는 에밀리 브론테가 1841년, 그러니까 스물한 살 되던 해 쓴 시입니다. 자신의 짧은 생을 예견한 듯, 미련의 끈을 놓는 연습을 하고 있습니다. 어차피 종말로 치닫는 인생, 자유로운 영혼으로 용기 있게 살다 가겠다는 마음을 토로합니다. 그러한 '자유 영혼'으로 《폭풍의 언덕》이라는 대작을 쓸 수 있었겠지요.

1847년 《폭풍의 언덕》이 출간된 이듬해, 그녀는 폐결핵으로 내적으로 폭풍우와 같이 강렬한 삶을 살았던 서른 살의 짧은 생을 마감합니다.

혼자만의
것

윌리엄 포크너William Faulkner와 더불어 미국 남부의 대표 작가로 카슨 매컬러스Carson McCullers, 1917~1967가 있습니다. 천재 작가로 통하며 이름을 날렸지만, 그녀의 결혼 생활은 불행했고 무엇보다 평생 병마와 싸워야 했습니다.

그녀는 열다섯 살 때 열병을 앓았고 몇 번의 뇌졸중을 거쳐 서른 살 초반부터는 이미 걷는 것조차 힘겨울 정도가 되었습니다. 그러나 마치 육체의 고통을 정신의 힘으로 극복하려는 듯, 1967년 뇌출혈로 죽을 때까지 왕성한 작품 활동을 펼쳤습니다.

그녀의 친구이자 같은 문인이었던 존 휴스턴John Huston은 "매컬러스는 늘 지독한 고통에 시달리면서도 삶을 대면하는 데 소극적이거나 심약

사랑할 시간이 그리 많지 않습니다

하지 않았다. 병이 커질수록 그녀는 오히려 더욱 강해졌다"고 말한 바 있습니다.

매컬러스의 작품에는 신체적 장애나 결손을 가진 사람들, 자기 보호 능력이 없는 어린아이들, 독특한 성향을 지녔거나 기존의 집단에 의해 강제 추방당한 사람들…… 어떤 형태로든 사회로부터 고립된 인물이 등장하며, 그들 나름대로의 심리적 구원을 모색한다는 주제를 자주 다루고 있습니다.

그녀의 작품은 첫눈에는 낯설고 이상해 보이지만, 마음에 오랫동안 여운을 남기는 보편성도 함께 지니고 있습니다. 《슬픈 카페의 노래The Ballad of The Sad Café》는 매컬러스의 작품 중 최대 걸작으로 알려진 작품입니다. 남부 조지아 주의 작은 마을을 배경으로 사랑의 삼각관계를 그리고 있는데, 객관적으로 볼 때 '이상한' 또는 '이해할 수 없는' 사랑에 관한 이야기입니다.

아버지가 경영하던 큰 사료 가게를 물려받아 운영하는 아밀리아Amelia Evans는 육 척 장신에 사팔뜨기이고, 남자 이상으로 힘이 세고 건장합니다. 그녀는 인색하고 야비하며 돈을 벌기 위해서라면 수단과 방법을 가리지 않습니다.

마을 사람들로부터 고립되어 생활하던 아밀리아는 어느 날 자신의 가게로 흘러들어 온 꼽추 라이먼Lymon을 사랑하게 되고, 그때부터 변하기 시작합니다. 사람들과 함께 있는 것을 좋아하는 라이먼을 위해 자신의 사료 가게를 카페로 만드는데, 이 카페를 중심으로 쓸쓸하고 황폐했던 마을도 달라집니다.

방적 공장에서 노동을 하며 오로지 생존을 위해 지리멸렬하게 살아가던 사람들은 삶의 무게를 잊고 술 한잔 하는 여유, 함께 앉아 이야기를 나누는 기쁨을 느끼게 되고, 서로를 이해하려는 공동체 의식이 생겨, 카페는 이 마을의 따뜻한 중심이 됩니다.

그녀가 빚은 술에는 신비한 힘이 있어 영혼의 비밀스러운 진실까지도 불러내고, 잠깐이라도 자신이 이 세상에서 가치 없는 존재라는 아픈 기억을 잊어버리게 하며 삶을 새롭게 살아갈 수 있는 용기를 줍니다.

카페를 중심으로 평화로운 일상이 돌아가던 중에, 아밀리아의 전 남편 마빈 메이시Marvin Macy가 찾아오면서 모든 것이 깨지고 맙니다. 메이시는 아밀리아를 열렬히 사랑하면서 포악했던 성격이 양순해졌던 인물입니다. 하지만 결혼하고 사흘 만에 아밀리아에게 쫓겨난 후 다시 포악해졌고, 여기저기서 강도질을 하다 감옥에 들어가게 됩니다. 그런 메이시가 가석방되자마자 찾아온 곳이 바로 아밀리아의 집이었던 거지요.

아밀리아의 연인 라이먼은, 그녀를 찾아온 전남편인 메이시를 광적으로 사랑하게 됩니다. 메이시는 한때 아밀리아를 사랑했고, 아밀리아는 라이먼을 사랑하고, 라이먼은 메이시를 사랑하고…… 이렇게 비논리적이고 비이성적인 사랑의 연결 고리를 보여 주며, 매컬러스는 사랑을 이렇게 정의하고 있습니다.

우선 사랑이란, 두 사람의 공동 경험a joint experience between two persons 이다.

그러나 여기서 공동 경험이라 함은, 두 사람이 같은 경험을 한다는 것을 의미하지 않는다. 사랑을 주는 사람과 사랑을 받는 사람이 있 지만, 두 사람은 완전히 별개의 세계에 속한다. 사랑을 받는 사람은 사랑을 주는 사람의 마음속에 오랜 시간에 걸쳐 조용히 쌓여 온 사 랑을 일깨우는 역할을 하는 것에 불과할 경우가 많다. 그는 자신의 사랑이 고독한 것임을 영혼 깊숙이 느낀다.

이런 이유로 사랑을 주는 사람이 해야 할 일이 딱 한 가지가 있다. 그는 온 힘을 다해 사랑을 자기 내면에만 머무르게 해야 한다. 자 기 속에 완전히 새로운 세상…… 강렬하면서 이상야릇하고, 그러면 서도 완벽한 그런 세상을 만들어야 한다. 한 가지 짚고 넘어갈 것은 여기서 사랑하는 사람이란 반드시, 결혼반지를 사기 위해 돈을 모 으는 젊은 남자일 필요가 없다는 것이다. 그는 남자일 수도 있고, 여자, 아이, 아니 이 지구상에 존재하는 그 어떤 인간도 될 수 있는 것이다.

이제 사랑을 받는 사람에 대해서도 얘기해 보자. 아주 이상하고 기 이한 사람도 누군가의 마음에 사랑을 불 지를 수 있다. 선한 사람이 폭력적이면서도 천한 사랑을 자극할 수도 있고, 의미 없는 말만 지 껄이는 미치광이도, 누군가의 영혼 속에 부드럽고 순수한 목가를

깨울지도 모른다. 그래서 어떤 사랑이든지 그 가치나 질은 오로지
사랑하는 사람 자신만이 결정할 수 있다

매컬러스의 사랑론에 따르면, 사랑이 신비로운 이유는 사랑은 서로 주
고받는 상호적 경험이 아니라 혼자만의 것이기 때문입니다. 그래서 사
랑한다는 것은 고통을 수반하는 일이요, 외로움을 더욱 심화시키는 일
이라고 그녀는 말합니다.

아밀리아의 사랑은 너무나 치열하고 너무도 고통스럽고, 동시에 환희
에 차 있습니다. 그러나 그녀를 구한 사랑은 결국 그녀를 꽁꽁 묶는 족
쇄가 되고 맙니다. 결국 메이시와 라이먼은 아밀리아가 가진 모든 것을
파괴하고 도망갑니다. 그 후에도 아밀리아는 3년간 라이먼을 기다리다
가 카페 건물을 봉쇄하고 은둔 생활을 하지요.

카페가 없어진 마을은 다시 황폐해지고, 영혼이 부패할 정도로 무료해
진 사람들은 다시 과거의 생활로 돌아갑니다. 사랑의 힘으로 생겨난 카
페는 이제 완전히 퇴락해서 사랑의 덧없음, 폭력성의 증거가 되어 여전
히 마을의 중앙에 서 있습니다.

《슬픈 카페의 노래》는 제목 그대로 외로운 사람이 부르는 사랑 노래입
니다. 그것은 인간 속에 내재해 있는 힘, 기적 같은 사랑의 힘에 부치는
찬송讚頌이고, 허무하게 가버린 사랑에 대한 비가이기도 하지요. 짧은

사랑이 지나간 다음에 남은 영원한 고통……. 하지만 그 사랑이 슬프다는 것은 어쩌면 우리의 생각일지도 모릅니다.

매컬러스가 사랑에 대해 말한 것처럼, 소위 객관적인 잣대로 잴 때 '이상한' 사랑도 사랑을 하는 당사자가 아니면 그 누구도, 설령 부모라 할지라도 감히 그 사랑의 가치를 함부로 말할 수 없습니다. 신 이외에는 그 누구도 두 사람 사이의 사랑을 감히 판단할 수 없고, 그래서 아무도 다른 이들의 사랑의 판관이 될 수 없기 때문입니다.

사랑할 수 있는
능력을
상실한 곳

1849년 12월 22일, 영하 50도나 되는 추운 날씨에 여남은 명의 사형수가 형장으로 끌려 나왔습니다. 한 청년이 다른 두 사람과 함께 형장의 세 번째 기둥에 묶였고, 사형 집행까지는 5분이 남아 있었습니다. 청년은 이제 단 5분밖에 남지 않은 시간을 어디에다 쓸까 생각해 보았습니다. 옆 사람들과 마지막 인사를 하는 데 2분, 오늘까지 자신의 삶을 생각해 보는 데 2분, 그리고 남은 1분은 자연을 한번 둘러보는 데 쓰기로 했습니다.

그는 옆의 두 사람과 최후의 키스를 나누었고, "거총!" 소리와 함께 병사들이 총을 들었습니다. 조금만, 조금만 더 살고 싶은 욕망과 함께 죽음의 공포가 몰려왔습니다. 바로 그때 말발굽 소리와 함께 한 병사가 나타나서 소리쳤습니다.

"사형 중지, 황제가 특사를 내리셨다!"

28세의 나이로 총살 직전에서 살아난 사형수, 그는 《죄와 벌》(1866), 《카라마조프의 형제들Bratya Karamazovy》(1880)과 같은 불후의 명작들을 쓴, 톨스토이와 함께 19세기 러시아 문학을 대표하는 세계적인 문호 도스토예프스키Fyodor Dostoevskii, 1821~1881였습니다.

농노제의 폐지, 검열 제도의 철폐, 재판 제도의 개혁을 요구하는 사회주의 서클에 가담했다가 1847년 체포되어 사형을 언도받았고, 사형 집행 직전, 황제의 특사에 의해 감형되어 시베리아에 유배되었지요. 4년간의 징역 후 풀려나온 그는 훗날 시베리아 유형流刑의 체험을 기록한 《죽음의 집》(1861)을 발표했습니다.

'영혼의 리얼리즘' 작가로 불릴 정도로 인간의 내면 묘사에 심취했던 도스토예프스키는 그의 마지막 장편소설 《카라마조프의 형제들》에 일생 동안 그를 괴롭혔던 사상적·종교적 문제, 선과 악에 관한 사색을 모두 쏟아부었습니다.

물욕과 음탕의 상징인 표도르Fyodor를 아버지로 둔 카라마조프가家의 3형제(방탕하고 무분별하나 순수함을 지닌 장남 드미트리Dmitri, 무신론자에다 냉소주의적 지식인 차남 이반Ivan, 수도원에서 사랑을 설파하는 조시마Zosima 장로를 추종하는 박애주의자 알료샤Alyosha), 그리고 아버지와 백치 거지 사이에서 태어난 사생아 스메르자코프Smerdyakov를 중심으로 펼쳐지는, 부자와 형제 간의 애욕을 그린 작품입니다.

결국 카라마조프가의 사랑의 결핍은 스메르자코프의 친부 살인이라는 끔찍한 결과를 초래합니다. 드미트리는 아버지를 살인했다는 누명을 쓰고 유형 길에 오르고, 동생 알료샤는 형을 따라나서지요.

신이 없는 이상 남을 사랑해야 한다는 법칙도 존재할 수 없고, 따라서 "신이 없으면 인간이 신이다"라는 결론에 도달한 이반에게 알료샤는 말합니다.

"논리보다 앞서서 우선 사랑하는 거예요. 그것은 반드시 논리보다 앞서야 해요. 그때 비로소 삶의 의미도 알게 되죠."

도스토예프스키는 드미트리의 입을 빌려 인간의 마음이란 "악마와 신이 서로 싸우고 있는 싸움터"라고 말합니다. 따라서 사랑을 베풀기 위해서는 신이 마음속 싸움에서 승리해야 하고, 선과 악의 투쟁은 결국 인간의 내면에서 일어나는 사랑하려는 힘과 사랑하지 못하는 힘의 대결이라는 것이지요.

그래서 이 소설의 정신적인 지주로 등장하는 조시마는 이렇게 역설합니다.

지옥이란 다름 아닌 바로 사랑할 수 있는 능력을 상실한 데서 오는 괴로움이다. What is Hell? It is the suffering for being no longer able to love (…)

사랑할 시간이 그리 많지 않습니다

대지에 입 맞추고 끊임없는 열정으로 그것을 사랑하라. 그대 환희의 눈물로 대지를 적시고 그 눈물을 사랑하라. 또 그 환희를 부끄러워하지 말고 그것을 귀중히 여기도록 하라. 그것은 소수의 선택된 자들에게만 주어지는 신의 선물이기 때문이다.

1878년에 쓰기 시작하여 1879년에 처음으로 발표되고 이듬해 완결된 이 작품에는 '작가로부터'라는 머리말이 붙어 있는데, 도스토예프스키는 여기서 이 작품이 미완성이라고 말하고 있습니다.

그는 이후 20년간 계속 쓸 수 있기를 바랐지만, 결국 그에게 남아 있는 시간은 불과 2개월밖에 되지 않았습니다. 다음 해 1월 28일에 급사했기 때문이지요.

연구실의 쪽창 밖으로 보이는 회색빛 하늘을 배경으로 저녁놀이 눈부십니다. 도스토예프스키가 죽음을 5분 남겨 두고 1분이라는 귀중한 시간을 쓰고자 했다는 자연도 이제는 서서히 새로운 생명의 시작을 위해 준비하고 있습니다.

이제 내 삶도 중간을 넘어 내리막길을 가고 있지만 아직도 나는 눈물의 열정으로 대지를 사랑하지 못하고 내 마음의 싸움터에는 치열한 싸움만 계속되고 있습니다. 내게 남은 시간은 얼마일까요? 앞으로 나는 몇 번이나 더 이 아름다운 저녁놀을 볼 수 있을까요?

한 가지 확실한 것은 사랑 없는 '지옥'에서 속절없이 헤매기에는 내게
남은 시간이 너무 짧다는 것입니다.

진정으로
위대한
것

20세기 미국문학 시간에 단골로 읽히는 소설들 중 학생들에게 제일 인기 있는 작품은 단연 스콧 피츠제럴드F. Scott Fitzgerald, 1896~1940의 《위대한 개츠비The Great Gatsby》(1925)입니다. 주제가 무겁지 않고 영어 문체가 비교적 쉬운 데다가, 무엇보다 학생들이 좋아하는 '연애' 이야기이기 때문입니다.

이 작품을 읽기 전에 나는 학생들에게 제목 속에 있는 '위대한'이라는 말에 대해 생각해 보게 합니다.

학생들이 생각하는 '위대한 사람'은 어떤 사람일까요? 이에 대해 학생들은 '자기를 희생하여 남에게 봉사하는 사람', '진정 자신이 하고 싶은 일을 할 수 있는 용기를 지닌 사람', '부, 명예, 권력에 개의치 않고 이 세상을 더 좋게 만드는 사람' 등 많은 의견을 내놓습니다. 그런 위대함이 이 세상에 존재한다고 생각하는가 물으면 학생들은 "물론"이라는 답을 서슴지 않습니다. 그렇다면 작가인 피츠제럴드가 생각하는 개츠비의 '위대함'은 무엇일까요?

작품의 화자 닉^{Nick}은 중서부에서 뉴욕으로 와서, 롱아일랜드 교외에 자그마한 집을 빌려 삽니다. 그의 이웃에는 거부^{巨富}라는 것 외에는 별로 알려진 바가 없는 개츠비^{Jay Gatsby}의 저택이 있고, 그곳에서는 주말마다 성대한 파티가 열립니다.

가난한 어린 시절을 보냈던 개츠비는 군대 시절 만났던 부잣집 딸 데이지^{Daisy}와 결혼을 약속하나, 그가 떠나간 동안에 그녀는 탐 뷰캐넌^{Tom Buchanan}이라는 재벌과 결혼합니다. 개츠비는 수단 방법을 가리지 않고 (책에 확실히 설명되어 있지는 않지만 아마도 밀주업으로) 돈을 벌어 큰 부자가 되어, 그녀의 집 가까이에 저택을 사들이고는 주말마다 파티를 열고 언젠가 데이지가 와서 다시 만나게 될 것을 꿈꿉니다.

개츠비는 자신의 이웃인 닉이 데이지와 육촌 관계라는 걸 알고 닉에게 데이지와의 재회를 주선해 줄 것을 부탁합니다. 5년 만에 데이지를 만난 개츠비는 그녀가 이제는 부자가 된 자신에게 돌아오리라는 것에 추호의 의심도 품지 않습니다. 결혼 생활에 무료함을 느낀 데이지도 개츠비의 출현을 환영합니다.

개츠비와 탐의 갈등이 심화되면서 데이지는 개츠비의 차를 운전하다가 탐의 정부情婦를 치여 죽이고 달아납니다. 개츠비가 차를 몰았다고 생각한 그 여자의 남편은 개츠비를 찾아가 사살하고, 데이지는 마치 아무 일도 없었다는 듯 남편과 여행을 떠납니다. 성황을 이루었던 개츠비의 파티와 달리 그의 장례식에는 닉 외에 겨우 한 명의 손님만이 참석합니다. 닉은 도덕성이 결여된 도시 생활에 환멸을 느끼고 다시 중서부의 고향으로 돌아가지요.

누군가를 사랑하고 있을 때 사랑하는 사람과 함께 보는 세상은 이전과 다릅니다. 이른 봄에 피어나는 꽃들이 이렇게 키가 작았었나……. 여름날 밤하늘에 이토록 별이 많았었나……. 어쩌면 사랑은 시력을 찾는 일인지도 모릅니다.

〈연애 소설〉이라는 영화에 나오는 대사입니다. 즉 사랑과 꿈을 잃어버린 세상은 아름다움을 보는 시력을 잃어버린 것과 마찬가지입니다. 아름답던 장미가 괴기스럽게 보이고, 찬란하던 햇빛이 생경하고, 하늘조차 낯설어 보이는 이상한 세상입니다. 사랑받을 자격이 없는 여자를 사랑한 개츠비의 종말은 그래서 더욱 비참하고 슬픕니다.

이 작품에서 가장 논란이 되는 부분은 '위대한'이라는 형용사가 붙은 제목입니다. 줄거리만 봐도 알 수 있듯이 우리 학생들이 생각하는 '위대한' 속성을 개츠비에게서 찾을 수 없습니다.

결국 그는 돈 때문에 떠나간 사랑을 돈으로 찾겠다는 단세포적 발상으로 수단 방법 가리지 않고 재산을 축적한 부정 축재자였으며, 이미 흘러간 과거를 돌이킬 수 있다고 생각한 비현실적 몽상가였고, 사랑의 대상을 제대로 파악하지 못한 유아적 낭만주의자였을 뿐, 결코 '위대하다'고 할 수 없지요.

그러나 피츠제럴드는 책의 첫 부분에서 개츠비에게 '위대한'이란 수식어를 갖다 붙인 이유를 분명히 밝힙니다. 그것은 바로 아무리 암담한 현실 속에서도 아무리 미미해도 '삶 속의 희망을 감지할 수 있는 능력an extraordinary gift for hope', 사랑에 실패해도 다시 사랑하기를 두려워하지 않는 능력, 즉 언제라도 사랑에 빠질 수 있는 준비가 되어 있는 '낭만적 준비성romantic readiness' 그리고 '삶의 경이로움을 느낄 줄 아는 능력some heightened sensitivity to the promises of life'이라고 설명하고 있지요.

1920년대 미국은 혼돈의 시대였습니다. 미래에 대한 이상을 찾는 '아메리칸 드림'이 순수함과 낭만을 잃어버리고 물질 만능주의와 퇴폐주의로 타락해 가는 시대에 피츠제럴드는 개츠비의 꿈과 희망을 하나의 '위대함'으로 보았던 것입니다.

개츠비의 장례를 마치고 고향으로 돌아가기 전, 이제는 아무도 없이 버려진 개츠비의 집을 찾은 닉은 말합니다.

그리하여 나는 거기 앉아 오랜 미지의 세계에 대해 생각에 잠기면서 개츠비가 데이지의 부두 끝에서 최초로 녹색 불빛을 찾아냈을 때의 그의 경이에 대해 생각했다. 그는 이 푸른 잔디밭을 향해 머나면 길을 온 것이었고, 그리고 그의 꿈은 너무 가까이 있어 놓치는 게 불가능하다고 생각했을 것이다. 그는 그 꿈이 이미 깨어져 버렸다는 것을 알지 못했다. 도시 저쪽의 광막하게 어두운 어떤 곳으로 흘러가 버렸다는 것을 알지 못했다.

개츠비의 이야기 이후 오랜 시간이 흘렀지만 변한 것은 없습니다. 아니, 변하기는커녕 이리저리 삶의 횡포에 채이고 휘둘리면서 이제 우리는 더 이상 낭만을 얘기조차 하지 않습니다. 개츠비의 순진무구한 꿈에 '위대한'이라는 형용사를 붙일 사람은 없을지 모릅니다.

그러나 젊고 순수한 우리 학생들은 여전히 이 시대를 살아가는 '위대함'을 꿈꿉니다. '돈과 권력, 영웅심에 연연하지 않고 이 세상을 더 좋게 만드는', 그런 위대함을. 그리고 나는 그들의 그런 굳건한 믿음과 희망이야말로 진정 위대하다고 믿습니다.

아버지는
누구인가

몇 년 전부터 인터넷에 떠돌면서 많은 사람들의 마음에 잔잔한 파장을 일으킨 작자 미상의 〈아버지는 누구인가?〉라는 글이 있습니다.

아버지는 기분 좋을 때 헛기침을 하고, 겁날 때 너털웃음을 짓는 사람이다

아버지는 혼자 마음껏 울 장소가 없어 슬픈 사람이다.

아버지는 매일 머리가 셋 달린 용과 싸우러 나가는 사람이다.

아버지란 '내가 아버지 노릇을 제대로 못하고 있나 보다' 매일 자책하는 사람이다.

사랑할 시간이 그리 많지 않습니다

아버지는 '가장 좋은 교훈은 손수 모범을 보이는 것이다'라는 격언에 콤플렉스를 느끼는 사람이다.

아버지의 마음은 먹칠을 한 유리로 되어 있어서 잘 깨지지만 속은 잘 보이지 않는다.

자식들이 늦게 들어올 때 어머니는 열 번 걱정하는 말을 하지만 아버지는 열 번 현관을 쳐다본다.

아버지는 '아들딸들이 나를 닮아 주었으면' 하고 바라면서도 '아니, 나를 닮지 않아 주었으면' 하고 이중적으로 생각하는 사람이다.

아버지는 가족에게 어른인 체를 해야 하지만 친한 친구나 맘이 통하는 사람을 만나면 소년이 되는 사람이다.

아버지는 가족들을 위해 온몸이 부서져라 일해도 '부자 아빠'가 못 되어 큰소리치지 못하는 사람이다.

어머니의 마음은 봄가을을 오고 가지만 아버지 마음은 가을겨울을 오간다.

아버지는 어머니 앞에서는 기도도 안 하지만 혼자 차를 운전하면서 큰 소리로 기도하는 사람이다.

아버지! 뒷동산의 바위 같은 이름이다.

시골 마을의 느티나무 같은 크나큰 이름이다.

아침이면 머리 셋 달린 용과 싸우러 나가는 아버지, 혼자 마음 놓고 울 곳도 없는 아버지, 외로운 아버지, 바위같이 든든하고 큰 존재, 신화 속의 주인공 같은 내 마음 속의 영웅, 그렇지만 먹칠한 유리 마음을 가져서 도대체 꿰뚫어 볼 수 없는 아버지, 아버지는 대체 누구인가요?

바로 이 질문에서 작가 다니엘 월러스Daniel Wallace, 1959~의 소설 《큰 물고기Big Fish》(1998)는 시작합니다. 동서양을 막론하고 많은 작가들이 소재로 삼았던 '아버지를 찾는 여정'을 월러스는 신선하고 색다른 필치로 보여 주고 있습니다.

세일즈맨으로 집 밖을 떠돌다가 병에 걸려 죽기 위해 돌아온 아버지 에드워드 블룸Edward Bloom. 이제 어른이 된 아들 윌리엄은 지금껏 한 번도 아버지와 진정한 대화를 해보지 못했다는 사실을 깨닫고 필사적으로 아버지가 누구였고, 어떤 삶을 살았으며, 어떤 생각을 가진 사람이었는가를 발견하려고 합니다.

아버지 에드워드의 이야기를 조합해 보면 그는 거인을 정복하고, 아름다운 인어와 사귀었으며, 맨손으로 사나운 개의 심장을 꺼내고, 홍수를 잠재워 마을을 구하고, 전장에 나가 수많은 사람들을 구하고, 얼마나 빨리 뛰는지 출발하기도 전에 이미 결승점에 도착하는 모든 이의 영웅입니다. 집 밖에서는 그런 대단한 모험을 하는 영웅이 집에만 오면 왠지 왜소하고 낯설어 보였지요.

아들은 어렸을 때부터 아버지가 해준 이야기를 토대로 아버지의 삶을 신화처럼 재구성합니다. 그에게 아버지는 현실 속 인물이라기보다는 고대 그리스나 로마의 신화에나 등장할 법한 상상 속의 인물이기 때문입니다. 그러나 아버지는 마음속 어딘가에 숨겨 두었던 이야기를 아들에게 고백합니다.

"나는 위대한 사람이 되고 싶었어. 난 그것이 내 운명이라고 생각했어. 큰 연못에서 노는 큰 물고기, 그게 바로 내가 원했던 거란다."

머리 둘 달린 기생을 만나고, 거대한 메기 등을 타고 호수 밑 세상에 가고, 도시 하나를 통째로 사는 등 그가 아들에게 해준 허무맹랑하고 비현실적인 이야기들은 결국 나름대로 아들에게 '위대하게' 보이려는 방편이었던 것입니다.

윌리엄은 스스로 그 이야기들을 되풀이하면서, 그것이 아버지의 세계를 이해하는 작은 창 역할을 한다는 것을 깨닫습니다. 그 이야기들을 통해 아버지의 위대함 그리고 실패를 이해합니다. 삶의 무대에서 오직 '조연'이었던 아버지, 그 아버지도 한때는 청년이었고, 소년이었고, '아버지'라는 이름에 가려졌던 하나의 남자, 인간이었다는 것을 새롭게 발견합니다.

죽어 가는 아버지는 아들에게 인정받기를 원합니다. 이 세상의 모든 사람들을 다 매료시키기보다는 '좋은 아버지'였노라는 아들의 말 한마디를 원합니다. 그러나 두 사람이 생각하는 위대함의 조건이 다릅니다. 에드워드는 전설 속의 영웅이 되고 '큰 연못의 큰 물고기'a big fish in a big pond'가 되는 것이라고 여겼지만, 윌리엄에게 위대함은 삶을 함께 나누는 것입니다.

"진정 사람을 위대하게 만드는 것이 무엇인지 너는 아니?"

아버지 에드워드가 묻습니다.

"한 남자가 자기 아들의 사랑을 받았다고 한다면, 그 사람은 위대하다고 해도 좋지 않을까요?"

아버지는 더 넓은 세상에서 위대함을 찾았지만, 놀랍게도 그것은 내내 바로 여기, 집에 있었던 것인지도 모릅니다.

에드워드가 아들에게 해준 무용담이 실제로 어디까지가 사실이고, 어디까지가 꾸며 낸 것인지는 알 수 없습니다. 어쩌면 그가 살고 싶었지만 살지 못했던, 그런 삶인지도 모릅니다. 한 사람이 살아간다는 것, 그리고 많은 사람들이 모여 세상을 이루고 살아간다는 것은 결국 많은 이야기를 만들어 가는 과정이니까요.

따지고 보면 누구의 삶이든 그 나름대로 다 극적이고 파란만장합니다. 누가 이야기하는가, 무엇에 초점을 맞추어 이야기하는가, 그리고 왜 이야기하는가에 따라 아주 평범한 사람의 일생도, 겉으로 보기에 지리멸렬한 삶도 용감무쌍한 무용담의 소재가 될 수 있습니다. 누구나 각자의 삶에서는 자신에게 주어진 싸움을 용감하게 치러 내는 영웅들이니까요.

삶의 진실을 아버지의 입을 통해 단도직입적으로 듣고자 하는 아들, 하지만 끝내 농담으로 일관하는 아버지. 죽음의 순간에도 아버지는 유머와 위트가 넘칩니다.

이는 어쩌면 아버지가 삶이라는 불가해한 것을 언어로 표현할 수 있는 유일한 방법인지도 모릅니다. 삶이란 재미있고 가볍기보다는 심각하고 무거운 것이지만, 그것에 접근하는 방식마저 그래야 하는 것은 아니니까요.

아들은 종교, 신, 삶의 의미, 정치와 같은 죽은 단어들을 통해 삶에 다가가려 하지만, 아버지는 오히려 그런 것들이 더 삶을 왜곡시킬 수 있음을 알고 있었는지도 모릅니다. 진리를 원할 때 피상적 사실이나 껍데기 말보다는 오히려 허무맹랑한 이야기가 더 그 핵심에 가까이 다가가는 길이 되기도 하니까요.

결국 아버지가 아들에게 가르쳐 주고 싶었던 것, 그리고 아들이 아버지에게 배운 것은 삶을 견뎌 나가는 방법으로서의 웃음과 상상력이 아니었을까요?

윌리엄은 '아버지는 인간 여자와 결혼한 신'이었다고 말합니다. 엄격하고 냉혹한 신이 아니라 각박한 삶에 탈출구를 제공하는 상상력과 자유로움, 감성의 신이지요. 혹은 "웃음의 신, 입만 열면 '옛날 이런 사람이 있었단다'로 시작하는 신…… 아니면 적어도 사람들이 좀 더 웃게 하기 위해 이 땅에 온 어떤 신과 인간 여자 사이에 태어난 혼혈 신"입니다.

자신도 모르는 사이 윌리엄은 아버지의 유머를 '가보'로 계승하고 아버지의 사는 방법, 아니 죽는 방법을 인정하고 마음에서 우러나오는 작별 인사를 합니다. 윌리엄이 궁극적으로 찾고자 했던 것은 '어떻게 다른 사람의 마음에 도달할 수 있는가'였고, 아버지는 그 답을 준 것입니다. 그의 가슴속에서 아버지는 불멸의 영웅입니다.

"내가 자라남에 따라 아버지는 줄어들었다. 이런 논리라면 언젠가 나는 거인이 될 것이고 아버지는 너무나 작아져서 이 세상에서 보이지 않는 존재가 될 것이다."

윌리엄이 회상하듯, 《큰 물고기》는 너무나 작아져서 이제는 보이지 않는 존재, 아버지에 대한 보석같이 빛나는 이야기입니다. 현실과 판타지의 경계에서 우화처럼 펼쳐지는 《큰 물고기》는 재미있고 웃기면서도 슬프고 가슴 아프며, 허무맹랑하면서도 동시에 너무나 현실적입니다. 그것은 아마도 우리 모두의 아버지의 이야기이기 때문일 것입니다.

리 스미스라는 비평가가 "《큰 물고기》가 큰 파도를 일으킬 것이다. 그 속에는 마음이 담겨 있기 때문이다"라고 말한 바와 같이 우리 마음속 어딘가에서 잊혔던 존재, 아버지라는 존재를 상기시켜 줍니다.

(아버지는) 주중에는 물건을 팔고 돈을 벌기 위해 늘 여행 중이었으므로 집을 비우는 때가 많았다. 그것은 실제 몸으로 내게 주는 가르침이었다. 집을 떠나 돌아다니지도 않고, 낯선 곳에서 잠을 자지도

않고, 시간이 없어 길거리에서 대충 식사를 때우지 않아도 되는 직
업, 이 세상에 그렇게 고달프지 않은 직업은 없다는 것을 몸소 체험
으로 가르치는 것이었다.

이 세상에 고달프지 않은 직업은 없지만, 이 꼴 저 꼴 더러워도 꾹 참고
삼키고 짐짓 의연한 척 웃음으로 넘기는 아버지, 끝없이 외롭고 울고
싶고 포기해 버린 꿈의 '찌꺼기' 때문에 괴롭지만 아들에게는 허풍 떨
고, 신화 속의 영웅, '위대한' 아버지로 기억되기를 원하는 아버지의 모
습은 우리 모두에게 낯설지 않습니다.
'아버지는 누구인가?'라는 주제가 《큰 물고기》에서 다시 우리의 가슴을
때리는 이유일 것입니다.

불 켜진
나의
창밖에는

매년 2학기 종강하는 날, 나는 연례행사처럼 연구실에 크리스마스 장식
을 합니다. 장식이라고 해봤자 창에 크리스마스 리스를 걸고 작은 트리
를 꺼내 놓는 일이 다이지만, 나름대로 다시 한 번 한 학기, 아니 한 해
를 큰 과오 없이 끝낸 데 대한 감사와 자축의 의미가 담겨 있습니다.

한 5~6년 전까지만 해도 이맘때가 되면 연구실 창틀에 갖가지 성탄 카
드가 즐비하게 늘어섰지만, 올해는 이제껏 받은 카드가 고작해야 대여
섯 장뿐입니다. 그중 하나는 미국 친구 아이린이 딸 애니 소식을 전하
면서 보낸 것입니다.

아이린은 오래전 내가 뉴욕 주 올버니에서 유학하던 시절 친구인데, 남
편과 이혼한 해 설상가상으로 유방암에 걸려 학위가 끝나기도 전에 부

모가 있는 아이오와로 가야 했습니다. 이사하기 며칠 전 아이린 모녀는 자기 집 차고에서 벼룩시장을 열었습니다. 당시 일곱 살이었던 애니는 옷이나 책 등 잡동사니를 파는 엄마 옆에서 장난감을 팔았지요.

인형, 봉제완구, 블록, 모든 것이 1달러 미만의 가격이었는데 유독 '성냥팔이 소녀' 퍼즐 박스에만 5달러라는 비싼 가격이 붙어 있었습니다. 그것은 바로 전해 크리스마스에 《안데르센 동화집》과 함께 아빠가 준 선물로, 애니가 무척 아끼는 물건이라고 했습니다. 아동 문학가를 꿈꾸던 아이린이 그때 했던 말이 생각납니다.

"안데르센은 아주 가난한 구두 수선공의 아들이었고 비참할 정도로 불우한 환경에서 자랐어. 〈성냥팔이 소녀〉는 어린 시절 가난하게 자랐던 자기 엄마를 모델로 해서 쓴 동화라잖아. 그런 환경을 극복하고 그렇게 아름다운 이야기들을 쓸 수 있었다는 것이 놀랍지 않니? 그런데 쇼펜하우어를 봐. 국적은 달랐지만 둘은 동시대 사람이거든. 쇼펜하우어는 거부亘富인 집에서 태어나서 온갖 영화를 다 누리고 자랐지만 그렇게 철두철미한 염세주의자가 되었잖아. 그래도 나는 〈성냥팔이 소녀〉가 해피 엔딩이었으면 좋겠어. 그렇게 성냥팔이 소녀를 얼어 죽게 만든 것은 어쩌면 이 세상에 대한 안데르센의 말 없는 항거였는지도 몰라."

〈성냥팔이 소녀〉 외에도 동화작가 한스 크리스티안 안데르센Hans Christian Andersen, 1805~1875은 〈인어공주〉, 〈미운 오리 새끼〉, 〈벌거숭이 임금님〉 등 아동 문학의 최고봉으로 꼽히는 130편 이상의 걸작 동화를 썼습니다.

안데르센의 작품에는 늘 서정적이면서도 아름다운 환상의 세계가 있고 따뜻한 인간애가 녹아 있지만, 그의 동화는 곧잘 비극으로 끝납니다. 부잣집 창 밑에 앉아 성냥불로 몸을 녹이던 불쌍한 소녀는 싸늘한 주검으로 변하고, 짝사랑하는 왕자를 만나기 위해 목소리를 팔아 두 다리를 얻은 인어공주는 결국 바다의 물거품으로 변하지요.

어쨌든 그날 나는 5달러를 주고 애니에게 성냥팔이 소녀 퍼즐을 샀고, 기숙사로 돌아와 밤새도록 퍼즐을 맞추었습니다. 퍼즐을 완성하자 맨발의 소녀가 성냥 바구니를 옆에 두고 커다란 창문 아래에 웅크리고 앉아 성냥 하나를 켜 들고 몸을 녹이고 있는 그림이 나왔습니다. 환하게 불이 켜진 창문 안쪽에선 아름답게 장식된 크리스마스트리 옆으로 행복한 가족이 칠면조가 놓인 식탁에 둘러앉아 있었습니다.

소녀는 또 한 번 성냥불을 켰습니다. 다시 한 번 주위가 밝아졌으며, 그 빛 속에 따뜻한 미소와 사랑을 가득 담은 얼굴로 할머니가 서 계셨습니다. 할머니! 소녀는 말했습니다.

"할머니, 제발 절 데려가 주세요. 성냥이 꺼지면 사라지시잖아요. 아까 그 따뜻한 난로처럼, 맛있는 칠면조처럼, 그리고 그렇게 예쁜 크리스마스트리처럼!"

소녀는 한꺼번에 성냥 모두를 벽에 그었습니다. 할머니를 곁에 머물게 하고 싶었습니다. 성냥들은 아주 환한 불빛을 발하며 낮보다 더 밝아졌습니다. 할머니는 소녀를 팔에 안고 밝은 빛 속에서 기쁘게 높이, 아주 높이 춥지도 않고 배고픔도 없고 아무런 걱정도 없는 곳으로 갔습니다.

안데르센은 말년에 방대한 자서전 《내 삶의 이야기》를 썼는데, 이 책은 아우구스티누스의 《참회록》, 루소의 《고백록》, 괴테의 《시와 진실》 등과 함께 서양의 5대 자서전으로 꼽힙니다. 그리고 그야말로 미운 오리 새끼처럼 갖은 천대와 고난 끝에 백조로 태어나는 그 삶의 여정이 담겨 있습니다.

그는 머리말에서 역경이야말로 자기 삶의 원동력이 되었다고 토로합니다.

"내 인생은 멋진 이야기다. 그 어떤 착한 요정이 나를 지켜 주고 안내했다 하더라도 지금보다 더 좋은 삶을 살지는 못했을 것이다."

그때 애니에게 샀던 그 퍼즐은 이제 온데간데없어졌습니다. 그래도 1년 내내 질곡의 삶 속에서 허우적대며 까맣게 잊고 살다가 어느새 거리에 자선냄비가 등장하고 대림초에 불이 켜지면 내 마음이 조금은 착해지는지 문득 생각나곤 합니다.

환하게 불 켜놓은 나의 따뜻한 방 창밖에 혹시 추위에 떠는 성냥팔이 소녀가 앉아 있진 않은지……

사랑할 시간이 그리 많지 않습니다

동심, 마음의 고향

아주 이상하고 재미있는 환상의 세계, 스릴 넘치는 모험의 세계, 늘 꿈을 꾸고 자유로울 수 있는 세계로 여러분을 초대합니다. 그곳에는 금가루를 뿌리는 요정 팅커벨Tinker Bell이 있고 아름다운 인어들이 놀며, 무서운 외팔이 해적이 있고 그리고 날아다니는 소년, 영원히 자라지 않는 소년 피터팬이 있습니다.

변화무쌍한 줄거리와 다채로운 등장인물, 밝고 즐겁지만 독특한 슬픔과 페이소스도 함께 가진 이야기 《피터팬Peter Pan》(1911)은 어린이들에게는 순수한 꿈을 주고 어른들에게는 잃어버린 동심에 대한 향수를 불러일으킵니다.

몇 년 전 제가 완역했는데, 흔히 어린이들만 읽는 아동 문학으로 치부

해 왔지만 실은 아주 철학적이고 깊이가 있으며 삶에 대한 메시지로 가득 찬 책입니다.

피터는 태어나자마자 여러 가지 책임과 의무 때문에 놀기를 포기해야 하는 어른들의 세계에 환멸을 느끼고 엄마를 떠나, 환상의 나라 네버랜드Neverland에서 집 잃은 다른 소년들의 리더가 됩니다. 늘 자유롭게 신나는 모험을 하지만 그래도 엄마가 그리웠던 피터팬은 웬디Wendy라는 소녀와 그 동생들을 네버랜드로 데려옵니다.

웬디는 집 잃은 소년들의 엄마가 되어 그들을 돌보고, 후크 선장 일당을 물리치는 것을 도와줍니다. 그러나 결국 웬디와 동생들, 피터팬을 제외한 나머지 소년들은 모두 집으로 돌아오게 되고 세월이 흐르면서 모두 어른이 됩니다.

"아이들은 어른들이 상상할 수 없는 이상한 모험을 할 수 있다."

스코틀랜드의 극작가이자 소설가 제임스 매튜 배리James Matthew Barrie, 1860~1937는 이렇게 말하고 있는데, 그도 당연한 것이 피터팬을 창조한 사람이 바로 자신이기 때문입니다.

《피터팬》은 아동문학 출판 역사상 가장 복잡한 배경을 가진 작품 중의 하나입니다. 수많은 판형이 있는 데다가—그중에는 배리의 작품이 아닌 것도 있고 이야기를 아주 많이 변형시켜 놓은 것, 그리고 이야기를 축약해 놓은 것들이 많습니다—여러 번에 걸쳐 영화로 만들어졌지요. 1953년 만들어진 월트 디즈니 만화영화가 가장 유명합니다.

'피터팬'은 사실 1902년 배리가 출판한 《작고 하얀 새The Little White Bird》라는 소설에 나오는 별로 중요하지 않은 인물 중 하나였습니다. 이 소설의 주인공 남자는 매일 데이비드라는 아이를 데리고 켄싱턴 공원을 산책하면서, 아이를 지루하지 않게 하기 위해 상상 속의 이야기, 즉 밤이 되어 공원이 닫히면 몰래 나타나는 피터팬의 이야기를 들려줍니다. 이 이야기를 바탕으로 지금으로부터 100여 년 전인 1904년 5막의 크리스마스 아동극이 초연되었고, 폭발적인 인기를 얻었습니다. 이후 피터팬은 전 세계적으로 유명한 인물이 되었지요.

사실 제임스 매튜 배리가 《피터팬》에 그린 환상의 세계는 그가 살았던 현실 세계에 뿌리박고 있다고 할 수 있습니다. 배리는 1860년 5월 9일 스코틀랜드의 작은 마을, 직조공인 아버지와 헌신적인 어머니 사이에서 10남매 중 아홉 번째로 태어났습니다.

배리가 일곱 살 되던 해 어머니가 가장 귀여워하던 형 데이비드가 죽었습니다. 극심한 우울증에 빠진 어머니를 위로하기 위해 많은 노력을 하면서 배리는 유년 시절을 보냅니다. 어머니의 가슴에 언제나 어린아이로 남은 형 데이비드를 대신하는 일은 성인으로서, 그리고 작가로서의 배리에게 큰 영향을 미친 듯합니다.

어른이 되어서도 배리는 키가 겨우 150센티미터가 될까 말까 할 정도로 작은 키에 아주 수줍은 성격의 소유자였고, 특히 여자 앞에서 아주 어색해하고 부끄러워했다고 합니다.

에든버러 대학을 졸업하고 가난한 기자 생활을 거친 후 연극에 심취한 배리는 작가로서 성공하게 됩니다. 여배우 메리 앤젤과 결혼했으나 아이는 없었습니다. 하지만 친구 데이비스의 아이들을 좋아해, 자신이 직접 후크 선장 역할을 하면서 켄싱턴 공원에서 함께 놀았다고 합니다. 1904년의 〈피터팬〉 공연도 사실은 그 아이들을 즐겁게 해주기 위한 데서 비롯한 것입니다. 결국 1908년 부인과 이혼하게 되지만, 같은 해 데이비스가 암으로 죽고 2년 후에 다시 데이비스의 부인이 죽자 배리는 그들의 다섯 아이를 입양해서 키우게 됩니다.

피터팬을 창조한 공으로 배리는 후에 준남작의 직위를 받았고, 1937년에 세상을 떠났습니다. 지금도 런던에 가면 켄싱턴 공원에 1912년 세워진 피터팬 동상이 있고, 매일 전 세계 관광객들이 이곳을 찾고 있습니다. 피천득 선생님이 영국에 가서 제일 보고 싶었던 것은 유명한 빅벤도, 버킹엄 궁전도 아니고 피터팬 동상이었다고 하셨던 것이 생각납니다.

피터팬은 다양한 비평의 대상이 되어 왔습니다. "신선한 책, 아름다운 판타지이며 상상력이 풍부하고 영원히 젊으며 마음이 순수한 사람들에게 추천되는 책"이란 찬사를 받았는가 하면, 구성의 통일성이 없고 너무 감상적이며 이야기를 하는 화자의 목소리가 가끔씩 어른에게 이야기하는 것인지, 아이에게 하는 것인지 혼동이 된다는 비평을 받기도 했습니다.

최근 들어서는 지나치게 폭력적인 묘사라든지, 인종과 성에 대한 편견
도 지적되고 있습니다. 소년과 해적들의 싸움이 너무 잔인하다거나 백
인이 아닌 해적, 엄마 역할 하기를 좋아하는 웬디를 묘사할 때 조금씩
깔보거나 비아냥거리는 목소리가 담겨 있다는 것입니다.

그렇지만 우리는 이 작품이 100여 년 전에 쓰였다는 것을 기억해야 합
니다. 우리가 문화적 측면에서 얼마나 발전해 왔는지 알 수 있는 계기
가 될 수도 있습니다.

무엇보다도 《피터팬》은 문자 그대로 읽기보다는 우리의 환상과 상상력
으로 읽어야 하는 작품입니다. 어른이든, 아이들이든 우리가 사는 세상
은 아름답고 변화무쌍하고 신이 나지만 때로는 불안하고 어설프고 외
롭습니다.

우리가 《피터팬》에서 발견하는 것은 각자 다를 것입니다. 하지만 공통
적으로 느끼는 것은 꿈과 마음의 고향입니다. 회사 일, 학교 공부, 은행
통장에 대해서 걱정할 필요가 없는 세상, 마법이 있고 아이들이 날아다
니며 동물들과 대화하고 악을 물리칠 수 있는 세상을 찾는 이들의 영원
한 고향입니다.

이렇게 마음의 고향을 찾는 일은 웬디가 그러했듯 다시 현실로 돌아와
좀 더 평화스럽고, 서로 마음이 잘 통하는 세상을 만드는 데 필요한 조
건이 되기도 합니다.

오늘 밤 문득 잠에서 깨어나면 우리도 웬디처럼 그림자를 잃어버린 작

은 남자아이가 창 밑에서 울고 있는 것을 발견하게 될지도 모릅니다. 그래서 아직도 젖니를 가진, 영원히 자라지 않는 소년 피터팬과 함께 환상의 섬 네버랜드로 여행을 떠나게 될지도 모릅니다.

나의
그
사람

군대에 간 혁진이에게 편지가 왔습니다.

"선생님, 어제 저희 상사가 '야, 너 이 사람 아냐? 서강대 영문과 교수라는데' 하며 어떤 잡지를 내미는데 보니까 선생님이셨습니다. 그래서 '옛, 우리 선생님입니다' 하고 대답했습니다. 그런데 '우리'라는 말이 얼마나 정답고 자랑스럽던지요."

'우리'라는 말을 들으면 나는 가끔씩 상호가 생각납니다. 몇 년 전 나의 지도학생이던 상호는 집안 사정이 어려워 장학금 수혜 문제로 자주 나와 상담을 하곤 했지요. 결손 가정에서 자라나 불우한 청소년기를 보냈다는 상호가 한번은 이런 말을 했습니다.

"저는 비행 청소년이었거든요. 세상이 싫었고 사람들이 싫었어요. 그래

서 무조건 반항했죠. 그렇지만 속으로는 너무 외로웠어요. 중학교 3학
년 때 담임 선생님이 무척 잘해 주셨지만 저는 계속 말썽만 피웠어요.
근데 한번은 방과 후 패싸움을 하고 머리가 터져 왔는데, 그 선생님이
붕대를 감아 주시며 말씀하셨어요. '우리 상호 피를 많이 흘리네, 어떡
하지?' 그냥 상호가 아니라 '우리' 상호라고 하셨어요. 그 말, '우리'라는
말이 제 가슴을 때렸어요. 그리고 정신 차렸죠."

상호의 삶을 바꿔 놓은 말 '우리', 정확하게 말하면 소유격 '나의my'라는
말은 새삼 생각하면 참 요술 같은 말입니다. '나와 그 사람'의 평면적 관
계가 '나의 그 사람'이 되면 갑자기 아주 친근한 관계, 내가 작아지고 그
사람이 커지는 소중한 관계가 되니까요.

미국 개척기에 관한 대표적 소설 《나의 안토니아My Antonia》(1918)에
서 '나의'도 이러한 맥락에서 이해할 수 있습니다. 미국 서부 철도회
사의 변호사인 짐 버든Jim Burden이 어렸을 때의 고향 친구 안토니아를
추억하는 형식으로 되어 있는 이 작품은 윌라 S. 캐더Willa Sibert Cather,
1873~1947의 자전적 소설입니다.

짐은 열 살 때 부모를 여의고 조부모가 있는 네브래스카 주로 오는 기
차 속에서 보헤미아에서 이민 오는 안토니아의 가족을 만납니다. "순진
하고, 따뜻하고, 태양처럼 빛나는 눈동자를 가진" 아름다운 열네 살의
소녀 안토니아는 원시적 미개지에서 움막을 짓고 추위와 싸우며 고된
농사를 지어야 하는 가난한 이민자 가정의 장녀였습니다.

미국에 온 지 반 년 만에 유럽과는 너무나도 동떨어진 고된 생활에 절망한 아버지는 자살하고, 소녀 가장이 된 그녀의 삶은 말 그대로 악전고투였습니다. 일자리를 구하기 위해 도시로 나간 그녀는 미혼모가 되어 귀향, 마을의 농부와 결혼해서 농지를 개척합니다.

대학 진학을 위해 고향을 떠났던 짐이 20년 후에 다시 고향을 찾았을 때 안토니아는 열 명의 자식을 거느리고 남편과 함께 행복한 대농장주가 되어 있었습니다. 이제는 이도 빠지고 머리는 반백이 되고 몸도 많이 불은 안토니아이지만, 짐은 안토니아에게 대지의 여신과 같은 풍부한 생명력을 봅니다.

《나의 안토니아》는 20세기 초까지 미국의 정신적 지주가 되었던 개척 정신을 찬양하고 강인함과 인내심의 상징인 궁극적 모상을 그린 소설입니다. 그러나 결국 이 이야기의 주인공은 안토니아를 회상하는 일인칭 화자 짐 버든입니다.

소위 사회적 성공을 하고, 미술 애호가이자 아름답고 돈 많은 부인과 결혼했지만 행복을 느끼지 못하는 짐은 안토니아에게서 남녀 간의 낭만적 사랑을 초월한, 삶 자체에 관한 열정과 영적인 풍요로움을 찾습니다.

처음 자신이 안토니아에 대해 쓴 회고록의 제목을 그냥 '안토니아'라고 붙였다가 그는 곧 앞에 '나의'를 붙입니다. 안토니아는 객관적 전기傳記의 대상이 아니라 그에게 행복했던 어린 시절을 상기시켜 주고 삭막한 삶에 다시 희망과 의미를 일깨워 주는 소중한 '나의' 안토니아이기 때문입니다.

어린 시절의 아름다운 추억을 통해 상처받은 마음이 치유됨을 느끼며 책의 마지막에서 짐은 말합니다.

이 길은 그 옛날 그날 밤 안토니아와 내가 블랙호크에서 기차를 내려 어디로 가는지도 모른 채 궁금해하며 밀짚 위에 누워 마차를 타고 지나가던 바로 그 길이었다. (…) 그날 밤에 느꼈던 감정들은 너무도 생생해서 손만 뻗으면 어루만질 수 있을 정도였다. 나는 비로소 나 자신으로 되돌아온 기분이 들었으며, 한 인간의 경험의 범주가 그 얼마나 작은 원을 그리고 있는지 깨달은 느낌이었다. 안토니아와 나에게는 이 길은 운명의 길이었으며 또한 우리 모두에게 우리의 앞날을 미리 결정해 주었던 어린 시절의 온갖 시간들을 가져다준 길이기도 했다. (…) 우리가 잃어버린 것이 무엇이었든, 우리는 그 소중하고도 형언할 수 없는 과거를 함께 지니고 있었던 것이다 Whatever we had missed, we possessed together the precious, the incommunicable past.

My Antonia − 우리말에서 영어의 'My'는 '나의' 또는 '우리'로 번역되는 예가 많습니다. 혁진이를 자랑스럽게 하고 샛길로 가는 상호를 올바른 길로 이끌어 준 말 '우리'. 자꾸 '나'만 커지는 이 세상에 '나의/우리'를 다시 생각해 봅니다. 우리 부모님, 우리 선생님, 우리 학생들, 우리 이웃들, 우리나라……

그리고 여러분과 함께 걸었던 문학의 숲은 아주 향기롭고 아름다웠습니다. 이제 그 숲을 떠나면서 인사드립니다. 늘 행복하세요. 그리고 사랑합니다.

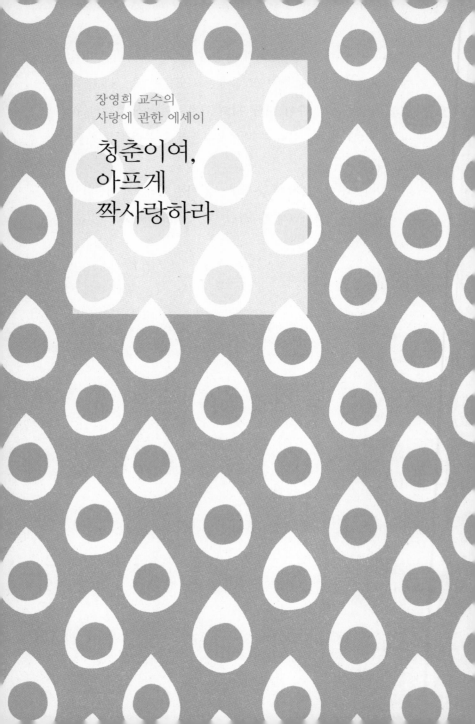

장영희 교수의
사랑에 관한 에세이

청춘이여,
아프게
짝사랑하라

'진짜'가
되는 길

내가 좋아하는 성 프란치스코의 '평화의 기도' 중에는 '이해받기보다는 이해하고, 사랑받기보다는 사랑하게 하소서'라는 구절이 있다. 꼭 이 기도문이 아니더라도 이 말은 어렸을 때부터 주위 어른들에게서 귀에 못이 박이도록 들었고, 이제는 내가 어른이 되어 걸핏하면 입에 올리는 말이기도 하다.

"사랑을 받기보다는 주는 사람이 되라. 그리고 이왕 주는 사랑이라면 타산적이고 쩨쩨하지 않게 '제대로' 된 사랑을 주라."

나 자신도 제대로 사랑할 줄 모르면서 이런 말을 한다는 것이 참으로 어쭙잖지만, 그래도 가끔은 스스로에게 상기시키는 말이다.

사실 내가 업으로 삼고 있는 문학의 궁극적인 주제도 결국은 '어떻게 사랑하며 살아가야 하는가'의 문제로 귀착되니, 내 삶의 주제는 단연 '사랑하라'가 될 것이다.

그러나 요즘 들어 나는 가끔 남을 이해하고 사랑하는 마음도 중요하지만, 그 사랑을 제대로 받아들일 줄 아는 마음도 그 못지않게 중요하다는 생각을 해본다.

누군가의 사랑을 받으면서도 그 사랑을 시큰둥하게 여기거나, 아니면 그 사랑으로 인해 오히려 오만해진다면 그 사랑은 참으로 슬프고 낭비적인 사랑이다.

사랑하는 일은 막대한 시간과 에너지를 요한다. 누군가를 좋아하고 항상 배려하는 마음, 그 사람이 지금 어디서 무엇을 하고 있을까 궁금한 마음, 너무나 보고 싶은 마음—어떤 행동이나 말을 해도 항상 의식의 언저리에 있는 그 사람의 지배를 받는 것은 대단한 영혼의 에너지를 요한다.

그런데도 우리는 고작 차 한두 대 굴리는 석유나 석탄 같은, 눈에 보이는 에너지는 아까워하면서, 막상 이 우주를 움직이는 사랑이라는 에너지는 그저 무심히 흘려보내기 일쑤다.

우리에게 잘 알려지지 않은 서양 동화 중에 《벨벳 토끼》라는 이야기가 있다. 이 이야기는 어떤 아이가 갖고 있는 장난감 말과 토끼가 나누는 대화로 이루어져 있다.

"나는 '진짜 토끼'가 되고 싶어. 진짜는 무엇으로 만들어졌을까?"

잠자는 아이의 머리맡에서 새로 들어온 장난감 토끼가 아이의 오랜 친구인 말 인형에게 물었다.

"진짜는 무엇으로 어떻게 만들어졌는가와는 아무 상관이 없어. 그건 그냥 저절로 일어나는 일이야."

말 인형이 대답했다.

"진짜가 되기 위해서는 많이 아파야 해?"

다시 토끼가 물었다.

"때로는 그래. 하지만 진짜는 아픈 걸 두려워하지 않아."

"진짜가 되는 일은 갑자기 일어나는 일이야? 아니면 태엽 감듯이 조금씩 조금씩 생기는 일이야?"

"그건 아주 오래 걸리는 일이야."

"그럼 진짜가 되려면 어떻게 해야 해?"

"아이가 진정 너를 사랑하고 너와 함께 놀고, 너를 오래 간직하면, 즉 진정한 사랑을 받으면 너는 진짜가 되지."

"사랑받으려면 어떻게 하면 되지?"

"깨어지기 쉽고, 날카로운 모서리를 갖고 있고, 또는 너무 비싸서 아주 조심스럽게 다루어야 하는 장난감은 진짜가 될 수 없어. 진짜가 될 즈음에는 대부분 털은 다 빠져 버리고 눈도 없어지고 팔다리가 떨어져 아주 남루해 보이지. 하지만 그건 문제 되지 않아. 왜냐

하면 진짜는 항상 아름다운 거니까."

장난감이 아이의 사랑을 받음으로써 닳고 닳아야 비로소 생김새는 초라하지만 진정한 아름다움을 지닌 '진짜'가 될 수 있는 것처럼, 사랑을 받는다는 것은 '진짜'가 될 수 있는 기회를 부여받는 일이다. 잘 깨어지고, 날카로운 모서리를 갖고 있으며, 또 너무 비싸서 장식장 속에 모셔 두어야 하는 장난감은 위험하고 거리감을 느끼기 때문에 아이가 사랑하지 않게 되고 '진짜'가 될 기회를 잃게 된다.

사람들도 마찬가지이다. 사랑받는다는 것은 '진짜'가 될 수 있는 귀중한 기회이다. 모난 마음은 동그랗게('사람'이라는 단어의 받침인 날카로운 ㅁ을 ㅇ으로 바꾸면 '사랑'이 되듯이), 잘 깨지는 마음은 부드럽게, 너무 비싸서 오만한 마음은 겸손하게 누그러뜨릴 때에야 비로소 '진짜'가 되는 것이다.

그리고 '진짜'는 사랑받는 만큼 의연해질 줄 알고, 사랑받는 만큼 성숙해질 줄 알며, 사랑받는 만큼 사랑할 줄 안다. '진짜'는 아파도 사랑하기를 두려워하지 않고, 남이 나를 사랑하는 이유를 의심하지 않으며, 살아가다 넘어져도 다시 일어설 수 있는 용기를 가진다.

"사랑할 줄 아는 사람이 되라"는 간판을 이마에 달고 다니는 나도 아직 제대로 사랑을 받을 줄 모른다. 걸핏하면 모서리 날카로운 네모가 되고, 걸핏하면 사랑받을 권리가 있다는 듯 '나는 선생이고 너는 학생이니까' 하는 거만한 마음을 갖고, 또 걸핏하면 내가 거저 받는 그 많은 사랑들도 적다고 투정한다.

한번 생겨나는 사랑은 영원한 자리를 갖고 있다는데, 이 가을에 내 마음속에 들어올 사랑을 위해 동그랗게 빈자리 하나 마련해 본다.

사랑받기 때문에 사랑할 줄 아는 '진짜' 됨을 위하여.

젊음의
의무

신학기가 시작되어 캠퍼스는 다시 북적대고 활기에 넘친다. 생기에 넘쳐 빛나는 얼굴들, 희망과 기쁨에 찬 화사한 미소들, 단지 살아 있다는 사실만으로도 행복해 보이는 젊은이들을 보며 나는 다시 봄이 왔음을 실감한다.

어김없는 계절의 순환 속에서 속절없이 세월은 흐르고, 나는 어느덧 그들의 젊음이 부러운 나이가 되었음을 깨닫는다.

어느 시인이 말하기를, 인생행로에 있어 청춘을 마지막에, 즉 60대 뒤에 붙이면 인간은 가장 축복받은 삶을 살게 될 것이라고 했다. 육체가 가장 아름답고 왕성한 힘을 발휘하는 청춘의 시기에는 미래에 대한 방향 설정과 불확신으로 고뇌하고 방황하며 어설프게 지내고, 이제 어느 정도 인생의 깊은 맛을 알게 될 때는 이미 몸과 마음이 시들 대로 시들어 참된 인생을 즐길 수 없다는 말이다.

그러나 인생의 깊은 맛을 아는 청춘, 삶에 대한 모든 답을 가지고 초연하고 담담하게 회심의 미소를 짓는 청춘—어쩐지 어색하고 어울리지 않는다. 삶에 대한 끝없는 물음표를 들고 방황하며 탐색하는 모습이 있어 아름다운 시기가 청춘이고, 미래에 대한 희망과 두려움이 공존하기 때문에 더욱 극적이고 신비스러운 시기가 청춘이기 때문이다.

영작문을 가르칠 때 나는 언제나 학생들에게 영어로 일기를 쓰게 하고 한 달에 한 번씩 걷어서 점검한다. 자유로운 주제로 편하게 쓰는 글이라 그런지 학생들의 문장은 영문 보고서의 작위적이고 현학적인 문체보다 훨씬 더 유려하고 자연스럽다.

내가 학생들로 하여금 일기를 쓰게 하는 데는 조금이라도 영어를 더 많이 쓰게 하려는 교육적인 목적도 있지만, 한편으로는 순전히 이기적인 목적도 있다. 한 학기 동안 눈을 마주치는 나의 학생들이 무슨 생각을 하며 어떤 생활을 하는가를 알고 싶기도 하고, 그들을 통해 이제는 돌이킬 수 없는 나의 청춘을 대리 경험하고 싶기 때문이다.

내가 읽을 것을 전제로 하는데도 학생들은 아주 솔직하게 자기표현을 하고, 일기 대신 편지로 직접 내게 상담을 청하기도 한다. 그들의 일기는 대부분 몇 가지 주제—공부에 대한 어려움, 전공에 대한 회의, 동아리 생활, 가정생활, 그리고 물론 사랑 이야기로 겹쳐진다.

그중에서도 자주 대하는 것은 짝사랑에 대한 고뇌와 슬픔 또는 좌절감이다. 남보다 잘생기거나 예쁘지 못해서, 키가 작아서, 집안이 가난해서, 성격이 너무 내성적이라서 등등 여러 가지 이유로 혼자 누군가를 짝사랑하면서 괴로워하거나 지독한 자괴감에 빠지기도 한다.

그런 학생들에게 어떤 말을 해준들 위로가 되겠는가마는, 내가 안타깝게 느끼는 것은 그들이 스스로의 슬픔에 취해서 자신이 얼마나 소중한 경험을 하고 있는지 모르고 있다는 것이다. 짝사랑이야말로 젊음의 특권, 아니 의무라는 사실을 말이다.

나도 그 나이에는 짝사랑하면서 슬퍼하고 깨어진 꿈에 좌절하면서 마치 이 세상의 모든 번민은 모조리 내 가슴속에 쌓아 놓은 듯 눈물까지 떨구어 가며 일기장에 괴로운 속마음을 토로하곤 했었다. 그러나 이제 중년의 나이가 되어 하루하루를 그저 버릇처럼 살아가는 지금, '괴로운' 짝사랑들은 가슴 저리는 그리움으로 다가온다.

어느덧 불혹의 나이를 넘긴 나. 이제는 어느 정도 여유롭게 삶에 대한 포용력을 가지고 조금은 호기를 부릴 수도 있는 나이가 되었다. 그렇지만 불혹不惑—보고 듣는 것에 유혹받지 아니하고 마음이 흔들리지 아니 함—이란 말은 따지고 보면 슬픈 말이다.

아름다운 것을 보고 감격하지 않고, 슬픈 것을 보고 눈물 흘리지 않고, 불의를 보고도 노하지 않으며, 귀중한 것을 보고도 탐내지 않는 삶은 허망한 것이리라.

그것은 즉 이제 치열한 삶의 무대에서 내려와 그저 삶을 관조하는 구경꾼으로 자리바꿈했다는 것과 무엇이 다르겠는가. 아니, 어쩌면 '불혹'이란 일종의 두려움, 삶의 한가운데로 뛰어들 용기가 없는 데에 대한 자기방어를 말하는지도 모른다.

어떻게 들릴지 모르겠지만, 짝사랑이란 삶에 대한 강렬한 참여의 한 형태이다. 충만한 삶에는 뚜렷한 참여 의식이 필요하고, 거기에는 환희뿐만 아니라 고통 역시 수반하게 마련이다. 우리 삶에 있어서의 다른 모든 일들처럼 사랑도 연습을 필요로 한다.

그리고 짝사랑이야말로 성숙의 첩경이며 사랑 연습의 으뜸이다. 학문의 길도 어쩌면 외롭고 고달픈 짝사랑의 길이다. 안타깝게 두드리며 파헤쳐도 대답 없는 벽 앞에서 끊임없이 좌절감을 느끼지만, 그래도 포기하지 않고 끝까지 나아가는 자만이 마침내 그 벽을 허물고 좀 더 넓은 세계로 나갈 수 있는 승리자가 된다.

그러므로 젊은이들이여, 당당하고 열정적으로 짝사랑하라. 사람을 사랑하고, 신을 사랑하고, 학문을 사랑하고, 진리를 사랑하고, 저 푸른 나무 저 높은 하늘을 사랑하고, 그대들이 몸담고 있는 일상을 열렬히 사랑하라.

사랑에 익숙지 않은 옹색한 마음이나 사랑에 '통달'한 게으른 마음들을 마음껏 비웃고 동정하며 열심히 사랑하라. 눈앞에 보이는 보상에 연연하여, 남의 눈에 들기 위해 자신을 버리는 사랑의 거지가 되지 말라.

창밖의 젊은이들을 보며 나도 다시 한 번 다짐한다. 불혹의 편안함보다는 여전히 짝사랑의 고뇌를 택하리라고. 내가 매일 대하는 저 아름다운 청춘들을 한껏 질투하며 나의 삶을, 나의 학문을, 나의 학생들을 더욱더 열심히 혼신을 다해 짝사랑하리라.

언젠가 먼 훗날 나의 삶이 사그라질 때 짝사랑에 대한 허망함을 느끼게 된다면 미국 소설가 잭 런던과 같이 말하리라. "먼지가 되기보다는 차라리 재가 되겠다!I'd rather be ashes than dust!"고. 무덤덤하고 의미 없는 삶을 사는 것보다는 고통을 수반하더라도 찬란한 섬광 속에서 사랑의 불꽃을 한껏 태우는 삶이 더 나으리라는 확신이 있기 때문이다.

젊은이들이여, 당당하고 열정적으로 짝사랑하라.

사람을 사랑하고, 신을 사랑하고, 학문을 사랑하고,

진리를 사랑하고, 저 푸른 나무 저 높은 하늘을 사랑하고,

그대들이 몸담고 있는 일상을 열렬히 사랑하라.

아우름 02

사랑할 시간이
그리 많지 않습니다

1판 1쇄 발행 2014년 12월 24일
1판 6쇄 발행 2019년 4월 5일

지은이 장영희
펴낸이 김성구

단행본부 류현수 고혁 현미나
디자인팀 한아름 문인순
제 작 신태섭
마케팅 최윤호 나길훈 유지혜 김영욱
관 리 노신영

디자인 NOSTRESS 민유경

펴낸곳 (주)샘터사
등 록 2001년 10월 15일 제1-2923호
주 소 서울시 종로구 창경궁로35길 26 2층 (03076)
전 화 02-763-8965(단행본부) 02-763-8966(마케팅부)
팩 스 02-3672-1873 **이메일** book@isamtoh.com **홈페이지** www.isamtoh.com

© 장영희, 2014. Printed in Korea.

ISBN 978-89-464-1887-5 04800
ISBN 978-89-464-1885-1 04080(세트)

이 도서의 국립중앙도서관 출판시도서목록(CIP)은 e-CIP 홈페이지
(http://www.nl.go.kr/cip.php)에서 이용하실 수 있습니다. (CIP제어번호: CIP2014036481)

값은 뒤표지에 있습니다.
잘못 만들어진 책은 구입처에서 교환해 드립니다.